죽음과 **크림빵**

새
소설

19

죽음과 크림빵

우신영

장편소설

자음과모음

차
례

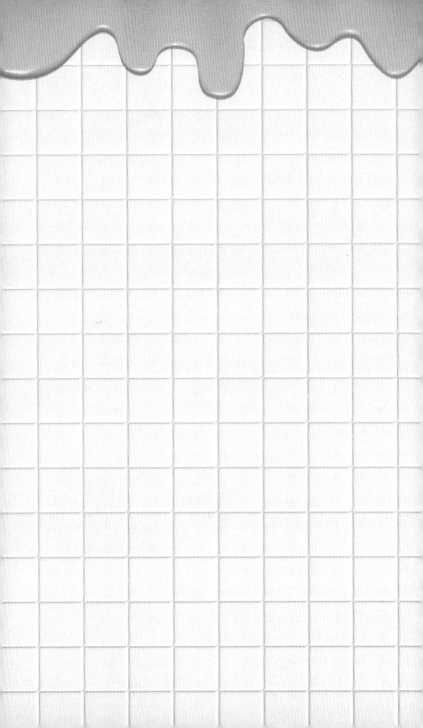

이종수

이야기

부고

[부고] 고산대학교 국어국문학과 허자은 교수 본인상

고산대학교 국어국문학과 허자은 교수께서 별세하셨기에 아래와 같이 부고를 전하며, 삼가 고인의 명복을 빕니다. 황망한 마음에 일일이 연락드리지 못함을 널리 혜량해주시기 바랍니다.

빈소 : 서울 성요셉장례식장
발인 : 6월 5일 토요일

가족장으로 치러지므로 조문은 정중히 사양합니다.

알리는 이   인문대학장   구본석
국어국문학과장 곽용권

부고 문자를 학과 전체 주소록으로 보낸 후 마른세수를 했다. 허자은 교수는 평소 웃어도 우는 것처럼 보였다. 살아 있어도 죽은 것같이 보이기도 했다. 그런 그의 부고는 자연스러웠다. 자신에게 걸맞은 형식의 텍스트로 화했다는 안정감까지 주었다. 하지만 죽음에 다다른 방식은 부자연스러웠다. 그것을 아는 이는 학과의 교수진과 이종수 그리고 허 교수의 오빠뿐이었지만.

긴급 학과 회의가 소집되었다. 연구실 문 열고 나오면 대립, 문 닫고 들어가면 고립. 교수란 군상들은 구 년 차 조교 이종수가 보기에 심란한 작자들이었다. 학과장실에 검은 양복과 넥타이를 맨 남자 넷이 모여 앉았다. 오랜 사회생활로 단련된 표정은 무심했으나 그 아래 뻐근한 흥분과 열기는 숨길 수 없었다. 나른한 지방대 교수 생활에 이토록 자극적인 사건은 흔치 않았다.

일단 1동 4층 화장실은 폐쇄했습니다. 하필이면 변기에 머리를 박고 죽다니. 아무래도 구토를 하다 질식한 것으로 보인답니다, 토사물이 기도를 막아서. 자세한 건 부검을 해봐야 알겠지만요. 왜 그 엘비스 프레슬리도 변기 위에서 죽었다잖습니까. 그건 아랫구멍 문제였고, 허 교수는 윗구멍 문제잖소. 뭘 얼마나 먹었길래 토하다가 그리 되누. 그럴 만했잖아요, 갈수록 괴물처럼 살이 쪄가지고. 맞아요, 숨쉬기도 힘들어 보였으니. 그래도 가엾어서 어쩐대요. 가족은 있는 건지. 강의 듣던 학생들 충격도 크겠지요.

종신 학과장을 자처하는 곽용권 교수가 뒤섞인 말들을 정리했다. 우선 고인의 명복을 빕니다. 본부 홍보 팀에선 기사를 최대한 막아보기로 했습니다. 허 교수에겐 미안한 말이지만 학과와 학생들을 위해선 빨리 후임 인사에 들어가야 하겠지요. 시절이 험해서 인문대 티오는 잘 내주지도 않는데 마침 교무처장이 인문대 출신일 때 얼른 뽑아야 합니다. 고인도 그걸 원할 겁니다. 현대문학 전공자가 없으면 강의는 누가 하고 대학원생 지도는 누가 합니까. 이종수에겐 그 말이 이렇게 들렸다. 대학 평가가 내년 봄인데 젊은 교수가 없으면 노가다는 누가 합니까. 교수들은 노가다도 페이퍼 워크라고 고상하게 칭하곤 했다.

드물게 모두가 고개를 끄덕였다. 이토록 원만한 합의라니. 학과장실에서 처음 있는 일이었다. 테이블에 차려진 다과가 동이 날 때까지 싸우는 게 뼈대 있는 전통인데. 신이 난 곽용권 교수가 말을 이었다. 자위 중인 고등학생처럼, 말을 하면서 혼자 클라이맥스로 향해 가는 게 그의 버릇이었다. 이번엔 우리처럼 본교 출신이고 고산시와도 연고가 있는 남자를 뽑는 게 좋겠습니다. 아, 오해하지는 마십시오. 허 교수도 성실했지요. 하지만 낯선 지역에 와서 지내다 보니 사람이 외따로 흐르지 않았습니까. 무슨 여기가 자기 나온 대학처럼 학문하는 곳인 줄 알고 턱을 전방 십오 도로 들고 고고하게. 난들 뭐 학이 되기 싫어서 그럽니까. 우리 과가 그럴 상황이 아니잖아요. 까딱하면 문화콘텐츠학과나 K-컬처학과로 이름이 바뀌게 생겼는데.

교수들은 묵묵부답이었다. 마대홍 교수가 정년 퇴임하고부터 종신 학과장을 자처하는 곽용권 교수의 심기를 거스르는 이는 없었다. 박준구 교수가 조심스럽게 질문했다. 학부 쿼터 때문에 안 되지 않나요. 나상수 교수님이 고산대 출신이지만 연세대에서도 학사를 따셨으니 최종 출신 학부는 연세대로 처리됩니다. 동일 학부 쿼터 제한에 걸리지 않습니다. 본부에서 트집을 잡으면 국문과 말고 우리 대학 국어교육과 출신 중에서 뽑는 방법도 있습니다. 아무튼 이번엔 모교 출신 남자, 남자를 뽑아야 합니다.

만장일치로 회의는 끝났다. 꼿꼿하게 앉아 회의록을 쓰는 이종수의 어깨를 두드리며 곽용권 교수가 말했다. 조교가 항상 수고가 많아. 모시던 지도교수가 이렇게 돼서 좆됐다 싶겠지만 걱정 말게. 내가 다 손을 써주겠네. 산 사람은 살아야지. 후임 인사를 서두르는 이유가 자네 때문도 있어. 박사과정 중에 이런 일이 있으면 어영부영 졸업 못 하고 동네 보습학원에서 분필 던지기 십상이지. 그래선 안 되잖은가, 자넨 재능이 있는데. 감사합니다, 학과장님. 마음 추스르고 정진하겠습니다. 그래, 이따 내 연구실로 와서 채용 분야랑 공고 초안, 1차 심사 위원 풀 받아 가게. 네. 본부 쪽은 내가 작업 들어가지. 약 좀 뿌려둬야 뒤탈이 없어. 교무처장이랑 테니스 한번 쳐줘야겠군. 그 양반은 왜 골프를 안 배우는지. 요샌 개나 소나 다 치는 골프를 말이야.

학과장님, 저 퇴근 후에 허 교수님 장례식장에 가보려 합니다만. 서울까지 갈 셈인가. 네. 가족장이라 조문을 안 받는다지 않나, 괴상한 일이 되어놔서 가족들도 민망하고 창피할 텐데. 그런데 허 교수에게 남은 가족이 있었던가. 오빠 한 분이 계신 것으로 알고 있습니다. 맞다, 그랬지. 부교수로 승진한 뒤 갔으니 연금이 더 나오려나. 뭐, 가보고 싶으면 가봐야지. 자네 허 교수와 정이 깊었나 보군. 역시 우리 조교 의리가 있어. 한데 나는 방송 촬영이 있어서 말이지. 대신 학과 이름으로 근조 화환을 보내놓게. 거 십만 원짜리 말고 사만구천 원짜리로. 고급형 화환 말고 보급형이 맞느냐고 확인하려다 이종수는 입을 다물었다. 서류는 내일 오전에 받아 가고. 그건 그렇고, 자넨 자세가 참 곧구먼. 허리가 좋은가 봐. 나중에 공 배우면 잘 치겠어. 그런 날이 오겠지, 같이 필드에 나갈 날이. 틈날 때마다 희망의 금가루를 뿌리며 이종수가 도망가지 않게 묶어두는 곽용권이었다.

뱃살 한 점 없이 관리된 몸을 흔들며 그는 학과장실 문밖으로 사라졌다. 열린 문틈으로 엘리베이터 앞에 선 뒷모습이 보였다. 한 층만 올라가면 연구실인데 계단으로 가지. 헬스장에선 천국의 계단을 그렇게 탄다면서. 혀를 차다 얼른 표정을 가다듬었다. 조교는 표정 관리가 생명이다. 생각만 해도 소문이 나는 이 좁은 바닥에서 유독 불의를 잘 참고 비위가 좋아 두터운 신망을 얻고 있는 이종수였다. 곽용권 교수는 엘리베이터를 기다리며 허공에 대고 퍼팅 연습을 하고 있었다. 허리가 날렵하게 돌아갔다. 500그램만 불어도 어찌나 짜증을 내는지. 골프웨어 핏에 집착하는 그를 위해 이종수는 종종 대학 후문에 있는 가게에서 샐러드와 스무디 보울을 사다 날랐다.

학과사무실에 상비되어 있던 검은 양복으로 갈아입었다. 이삼 주에 한 번은 입게 되는 옷이었다. 남자는 경조사를 잘 챙겨야 해. 사회생활이 별건 줄 아나. 대단한 넉살 따위 필요 없어. 남이 할 때 술 담배를 같이 하는 것, 그저 있어야 할 자리에 가 앉아 있는 것, 그게 사회생활이지. 아버지의 말을 떠올렸다. 물론 허자은 교수의 빈소는 눈도장 찍힐 사람도 없는 곳이었지만 유일한 박사과정생인데 안 가기도 무지근했다. 기차 좌석이 매진이라 입석으로 가야 했다. 절을 할 때 어느 손을 위에 올려야 하는지 검색했다. 이건 왜 도무지 외워지지 않는 걸까.

배차간격이 터무니없이 긴 버스를 갈아타고 장례식장에 도착하니 네 시간이 지나 있었다. 상주명 허자곤. 빈소 입구에는 아까 주문했던 근조 화환이 검은 리본을 단 채 먼저 도착해 있었다. 가장자리가 커피색을 띤 국화꽃은 재활용된 것이 분명했다. 신발을 벗고 빈소에 들어서자 육개장 냄새가 풍겼다. 장례식에서 먹는 고깃국물, 플라스틱 숟가락에 착색되는 붉은 기름을 보면 야릇한 기분이 들곤 했다.

학과 홈페이지 교수 소개란에 박혀 있던 허 교수의 사진이 이종수를 바라보았다. 예의 뚱하고 어색한 표정이었다. 당장이라도 액자 속에서 어색하게 눈을 깜빡거릴 듯했다. 무릎을 꿇어 절하고 향을 피워 올렸다. 검은 양말에 구멍이 나진 않았는지 신경이 쓰였다.

빈소에는 다른 조문객이 없었다. 허 교수의 유일한 가족인 오빠가 상주였다. 상조회사 직원과 실랑이 중이던 그는 이종수를 보고 작은 눈을 크게 떴다. 몽고주름으로 막힌 꼬막눈. 허자은과 닮은 눈이었다. 허 교수님 지도학생입니다. 그는 건성으로 고개를 끄덕이고는 하던 일을 재개했다. 아니, 내가 기본만 하라고 했잖아, 손님도 없다고. 전이랑 편육만 놓으라니까 깨 송편을 왜 추가한 거야, 우리 집이 떡집인데. 거기서 가져와 쓴다고 몇 번을 말했잖아. 아, 그러니까 깨 송편 옵션을 추가해도 가격이 비슷하다니까요. 비슷한 거지 똑같은 게 아니잖아. 칵, 허자곤은 말을 이으려다 말고 손수건에 가래를 뱉었다. 이런 유족은 처음이라는 듯 직원의 표정이 학을 떼고 있었다.

교통사고로 한날한시에 죽기 전까지 허 교수의 부모는 가재울에서 떡집을 했다. 백화점에도 납품하는 곳이라 알부자라는 이야기를 들은 적이 있었다. 허 교수가 제 몫의 유산을 거부했고, 떡집은 오빠에게 넘어갔다는 소문도. 학과 교수들이 답사나 학술제 때마다 떡 맛 좀 보여달라 농담해도 허 교수는 묵묵부답이었다. 입에서 곰팡내가 나도록 말이 없는 사람이었다. 그런 허자은이 취중에 긴 이야기를 들려준 적이 있다. 곽용권 교수가 학술도서상을 받은 기념으로 마련된 자리였다. 사비로 대학원생들에게 밥을 사는 법이 없고, 학과 운영비를 제 지갑처럼 여기던 그가 어쩐 일로 발베니를 샀다. 양주 냄새를 맡은 학과 교수들은 흥분했다.

곽 교수 뒷담화를 할 때 활력이 넘치던 김태진 교수조차 그날은 싹싹했다. 교수들은 불알친구라도 되는 것처럼 허벅지를 치며 웃었다. 말석에 앉은 허자은 교수에게 말을 거는 이는 아무도 없었다. 보다 못한 이종수가 다가가 잔을 채워주었다. 자작을 하고 있었는지 두두룩하게 살이 붙은 뺨 전체가 불콰했다. 침묵이 무거워 아무 말이나 꺼냈다. 교수님께선 어쩌다 국어국문학과에 진학하셨어요. 대답을 기대했던 건 아닌데 그는 더듬더듬 자기 이야기를 꺼냈다.

공부 잘하는 떡집 딸이 고상한 세계로 진입하기 위해서는 영문과나 독문과 같은 데에 가야 한다고 믿었던 아버지, 그러니까 낙원떡집 사장의 뜻을 받들어 허자은은 인문대 어문학부에 진학했다고 했다. 중앙도서관 서가에서 하루종일 앉아서 읽고 엎드려 자다 다시 앉아서 읽었다. 그러느라 강의를 자주 놓쳤다. 대리 출석을 해주거나 시험 날짜를 알려줄 친구는 없었다. 2학년을 앞두고 세부 전공을 정해야 할 때가 도래했다. 영문과에 가기엔 학점이 부족했고 독문과에 가기엔 데어 데스 뎀 덴밖에 몰랐다. 어리바리 국문과에 진학했고, 석사학위를 땄다고 했다.

취업엔 별생각이 없었으나, 조국의 미래를 알고 싶으면 눈 들어 살피라던 산중의 학교 간판 덕에 사립고등학교 교사가 되었다. 그리고 얼마 되지 않아 교장의 눈 밖에 났다. 모종의 이유로 한 학생에게 손수건을 던졌는데, 마침 그 아이의 아버지가 변호사였다고. 아들이 받았을 마음의 상처가 적이 걱정된 변호사가 교장실로 들이닥쳐 민원을 넣은 모양이었다. 사태는, 허자은이 학생과 그 부모 앞에 부실한 무릎을 꿇고서야 막음이 되었다. 때마침 학통도 잇고 시중도 들어줄 제자가 필요했던 지도교수가 허자은에게 박사과정에 진학하라 명했다.

소식 들었니. 그럼, 걔 신언^{身言}은 초라해도 서판^{書判}이 괜찮은가 보네. 학부 때 신춘문예 붙었다던데, 동시 부문이긴 해도. 아, 그래서 지도교수가 못 버리나 봐. 걔가 쓰는 논문에 교신 저자로 들어가면 자긴 논문 안 써도 되니까. 선배들의 쑥덕거림 속에도 허자은은 꿋꿋이 대학원 생활을 버텼다. 오래지 않아 박사학위논문 인준지에 도장을 받았고, 한 달에 한 편씩 소논문을 쓰는 기염을 토했다. 떨어지는 인물과 사회성을 논문 수로 커버하게 하려는 지도교수의 혜안이었다. 여차저차 졸업 삼 년 만에 지방 전통 명문을 자처하는 고산시 고산대학교에 자리를 잡았다. 서른. 업계 상황으로 본다면 놀랍도록 빠른 취업이었다.

학술대회에서 마주친 남자 선배들은 노골적으로 인사를 씹었다. 떡집 딸이라 뭐가 달라도 다르네, 교수 임용도 한 번 만에 철썩철썩 되고. 학회장에 어색하게 앉아 있던 허자은을 지나치며 속삭였다. 학교가 있는 고산시로 내려와야 한다는 임용 조건을 허자은은 매사 그렇듯 진지하게 받아들였다. 거주의 자유를 침해하는 조항이라 법적 효력이 전무한 약속인데도. 학기 시작 전 보증금 삼천짜리 투룸으로 이사를 완료한 허자은의 소식을 듣고 경영대 출신 총장은 흐뭇해했다.

최종 면접 때부터 그는 허자은이 혼자 사는 여자라는 점을 높이 샀다. 딱 보니 시집 안 갈 관상이고, 그런 여자들이 학교 옆에 살면서 뼈를 갈아 일한다니까. 자정까지 연구실 불이 안 꺼져요. 뭐 보듬어줄 남편도 없고, 밥해 먹일 자식도 없으니까. 가정 있는 남자들 뽑아놓으면 마누라 백화점이며, 자식 교육 핑계로 서울에서 안 내려오잖은가. 이틀 몰아서 강의하고 기차 타버리지. 그러다 기러기 시작하면 방학마다 미국 가고, 학벌이 받쳐주면 수도권 대학으로 도망가고. 교무처장도 고개를 끄덕였다고 총장실 직원이 귀띔해주었다.

구 년 전 박사과정과 학과 조교 일을 동시에 시작했던 이종수는 허자은의 임용 스토리를 잘 알고 있었다. 정년을 앞둔 마대홍 교수와 학과장 곽용권 교수의 사이가 나쁜 것은 고산대 교수와 학생, 길고양이까지 아는 사실이었다. 몇 번의 후임 인사를 거듭하면서 생긴 일이었다. 보통 교수들의 갈등은 인사人事, 공간, 돈을 놓고 벌어졌는데 그중 으뜸이 인사였다. 투서와 고소장이 심심찮게 날아다니곤 했다. 현대문학 전공 교수를 뽑는 절차가 시작되자 마대홍 교수와 곽용권 교수는 서로 다른 후보를 지원 사격했다.

마대홍 교수는 학계 원로로 존경받았으나 제 후임 문제에 관여하는 모양새가 보기 흉했고, 곽용권 교수는 인맥과 권력욕이 많았으나 연구비 착복 징계 이력으로 면이 깎인 상태였다. 인문학 연구소 경비를 다낭의 골프장에서 쓴 게 들통난 탓이었다. 보직 교수들과 불철주야 테니스를 친 끝에 이 개월 감봉으로 막음을 했으나 당분간 근신해야 했다. 결국 마대홍 교수의 간택을 받은 후보 오택근이 1순위로, 곽용권 교수에게 충성을 바쳐온 후배 노상현이 2순위로 총장 면접에 올라갔다. 두 교수의 장구한 싸움에 지친 대학 본부는 1순위와 2순위를 다 떨어뜨리고, 순진해 보이는 3순위를 채용하는 창의적 선택을 했다. 총장은 솔로몬 같은 본인의 지혜에, 제 민둥머리라도 쓰다듬어주고 싶은 기분이었다. 허자은, 그녀가 바로 3순위였다.

사태를 파악한 마대홍 교수와 곽용권 교수는 나란히 뒤통수를 부여잡았으나 금세 현실을 인정했다. 학과 교수 다섯 모두 모교 출신 남성으로 구성되어 평가 때마다 지적을 받고 있던 터였다. 타 대학 출신인 허자은을 뽑음으로써 여교수 비율도 맞추고, 동종 교배라는 욕도 피할 수 있으니 일석이조였다. 울며 겨자 먹기로 해본 레퍼런스 체크도 나쁘지 않았다. 그건 인간관계 자체를 맺은 적 없는 허자은의 고립된 생활 때문이었지만. 그런 성격이 안전할지도 모르지. 미합중국 유학에서 배워 온 민주적 역량으로 또박또박 토를 다는 주니어 때문에 고생하는 옆 학과 시니어들을 떠올리며 곽용권 교수는 자위했다.

재킷

허자은 교수의 갑작스러운 죽음, 그것도 교내에서의 죽음은 물론 고산대 국문과 학생들을 충격했다. 하지만 교수들이 우려했던 만큼의 동요는 없었다. 지난주까지 강의를 하던 교수가 죽었다니 웅성대긴 했지만 금세 잊어버렸다. 죽음의 장소가 변기 속인 것까지는 몰랐지만 붉은 글자의 테이프로 둘러싸인 4층 화장실을 학생들도 뻔히 본 터였다. 능숙한 조교답게 이종수는 일단 학번 대표 학생들을 소집해 허 교수의 죽음을 공식적으로 알리고, 심근경색이나 뇌출혈 정도의 뉘앙스를 풍겨두었다. 학생들은 쉽게 수긍했다. 극심하게 부풀어가던 허자은의 비만한 체형과 화장실이라는 독특한 사망 장소는 사인을 납득시키기 충분했다.

이번 학기 허자은 교수가 맡았던 학부 강의는 현대문학의 이해 하나뿐이었다. 수강 신청자가 정하느라는 근로장학생 한 명밖에 없던 나머지 강의는 폐강되었다. 강의명이 뭐였더라. 아, 한국현대소설강독. 요새 누가 강독 수업을 듣는다고. K-문학의 이해 같은 걸로 강의명을 바꾸라는 학과장의 명령을 허자은은 따르지 않았다.

학과사무실에 장학금 서류를 내러 오는 학부생들에게 강의는 재밌냐고 이종수가 슬쩍 간을 보면 합창곡이 돌아왔다. 그 교수님 수면제예요. 들으면 더 헷갈려요. 텍스트만 줄줄 읽는다니까요. 강의명은 현대문학의 이해인데 한 학기 내내 자기가 좋아하는 소설만 강독해요. 맞아요. 그러다 창밖을 보면서 칸트가 어쩌고 아감벤이 어쩌고 바디우가 어쩌고. 자긴 뭐 하루에 책을 두 권씩 읽는다나, 오전에 한 권, 오후에 한 권. 어려운 책 많이 읽으시는 건 알겠는데 그럼 뭐해요, 강의가 엉망인데.

이종수가 보기에도 허자은 교수의 독서는 광적이라 할 만했다. 엘리베이터를 기다리는 동안도, 신호 대기에 걸렸을 때도 주섬주섬 책을 꺼내 읽었다. 학생들의 눈엔 그것도 신기한 구경거리일 뿐이었지만. 실밥이 다 뜯어진 노트북 가방엔 컴퓨터 대신 좀이 슬기 직전의 책들만 가득했는데 어찌나 꽉 밀어 넣었는지 당장 쏟아져 나와도 이상하지 않았다.

이종수가 관심을 보이는 것 같자 학생들은 신이 나서 떠들어댔다. 볼에 살이 쪄서 그런지 혀도 짧고 말도 막 다 씹히고, 웅얼웅얼. 거북 목을 해가지고, 자기 목구멍 안으로만 목소리가 파고들고 누런 이빨 새로 발음이 다 새는데, 자기가 얘기하던 작품에 자기 혼자 흥분해서 입가에 막 침 거품이 끓고요. 보고 있으면 점심 때 먹은 학관 밥이 넘어올 지경이에요. 그래서 교수님 수업 때는 아예 이어폰 끼고 노래 듣는 애들도 많아요. 어차피 교수님은 몰라요. 우리랑 아이 콘택트 자체를 못 해서 허공 보고 수업하거든요. 어떨 때는 자기 구두 보고 강의하고요.

이건 진짜 조교님만 아세요. 냄새도 나요, 폐기된 편의점 김밥 냄새 같은 거. 아냐, 아냐, 비린내 나던데. 그래서 허자은 교수님 강의에는 항상 앞에 두 줄이 비잖아요. 국문과 학생들이라 그런지 대상의 언어적 형상화가 실감 났다. 말의 내용과 달리 꼬박꼬박 교수님이라는 호칭을 붙이는 것도 우스웠다. 학과사무실에서 근로장학생으로 일하는 4학년 정하느만 무리에 끼지 않았다. 문신에 피어싱투성이라 양아치처럼 보이지만 속을 알 수 없는 아이였다. 동기들 사이에서 겉도는 것처럼 보이는 그 아이만 제외하고 다들 할 말이 많았다. 하나가 말을 맺으면 또 하나가 경쟁적으로 말을 보냈다. 그 입술 밑에 있는 검은 사마귀도 강의 들을 때 너무 신경 쓰여요, 먹다 흘린 김밥 김 같아서. 자세히 보면 사마귀에 털도 나 있다니까요. 옷도 맨날 똑같은 거. 그렇게 통 넓은 바지는 어디서 구한 건지. 우리 맨날 교수님 옷 언제 바뀌나 내기해요. 세탁도 안 하는지 지난주에 봤던 얼룩이 그대로 있고요. 구두도 딱 하나라니까요.

이종수도 그 구두에 대해서는 잘 알고 있었다. 펑퍼짐한 엉덩이 부분이 번들대는 싸구려 폴리 소재 슈트와 달리 구두는 값나가 보였다. 걸을 때마다 허벅지가 쓸리는 허자은의 다리엔 위태롭다 싶을 만큼 가는 굽이었다. 교수 임용 기념으로 산 브랜드 이월 상품이 아니었을까. 지난 칠 년 동안 구두는 허자은의 몸을 지탱해냈다. 내구성이 대단한 걸 보면 훌륭한 제품임이 분명했다. 굽을 갈지 않는 주인 탓에 구두는 해가 갈수록 앓는 소리를 냈다.

작년부터 허자은 교수가 걸을 때마다 1동 건물 시멘트 바닥이 음산하게 울렸다. 경영대와 달리 기부하는 졸업생이나 후원하는 기업체가 전무해 설립 당시의 고전미를 간직한 인문대 건물은 방음이 좋지 않았다. 옆 연구실 교수가 전화로 보험회사 직원과 싸우는 소리가 다 들릴 정도였다. 곽용권 교수는 허자은 교수의 구두 굽 소리가 들릴 때마다 강의를 멈추고 말했다. 못생긴 여자들이 꼭 구두 소리도 크지. 아, 꼭 누구를 지칭하는 건 아니고. 19세기 미국엔 어글리 로ugly law라고 공공 미화법이 있었지. 흉측한 사람들이 공공장소에 있는 것을 불법화한 건데 말이야. 그러고 보면 우리 학교는 미국보다 민주적이라니까. 학생들은 폭소를 터뜨렸고, 그 이야기를 조교에게 전했다.

단벌 숙녀라는 학생들의 말은 과장이었지만 허자은 교수가 검은 옷만 입는 건 사실이었다. 남성복으로 추정되는 더블버튼 재킷 안에 여름용 검은 셔츠, 겨울용 검은 터틀넥이 그나마 있는 변주였다. 추상적 존재로 보이고 싶어 하는 듯 보였으나 다른 교수라면 그럴듯해 보였을 행동도 그가 하면 어딘지 우스웠다.

위아래가 바뀌어 인쇄된 책처럼 허자은 교수는 어디에 두어도 틀림없이 어색했다. 말을 끝맺지 못했고, 단어 선택도 부적절했다. 학과 교수 아들 결혼식에 꿔다 놓은 보릿자루처럼 앉아 있다가 모처럼 돌아온 대화 순서에 최종 심급이 어쩌고, 가족 유사성이 어쩌고 하는 식이었다. 단대 행사에서 오고 가는 유행어나 드라마 이야기에도 맞장구를 못 쳤다. 떡집을 하던 부모가 가래떡 기계에 적힌 한글을 읽어내는 네 살 딸의 비범함에 놀라 그날 바로 형편에 과분한 브리태니커 백과사전 전집을 들였다나. 티브이 시청도 오빠에게만 허용되었다고 했다.

그 사실 자체보다는, 술자리에서 그런 이야기까지 조교
한테 털어놓는 허자은에게 이종수는 놀랐다. 대개 교수들
은 그들끼리 대화할 뿐―자세히 들어보면 유아기적 집단
독백에 가까웠지만―조교나 대학원생을 불가촉천민처럼
대했기 때문이다. 그날 허자은은 이종수의 눈 대신 소주잔
을 바라보며 한참 더 주절댔다. 지금도 제 집엔 티브이가
없어요. 티브이 화면의 화소들을 보고 있으면 어지럽거든
요. 제가 보기보다 예민해요. 영상을 보면 화소들에 두드려
맞는 느낌이에요. 보는 것보단 읽는 게 좋아요. 열두 살인
가 생일 때 선생님이 장래희망을 물었대요. 어른들은 예나
지금이나 왜 그런 걸 묻나 몰라요. 그때 제가 이렇게 답했대
요. 책으로 꽉 찬 방에 요강 하나만 갖고 들어가서 살고 싶어
요, 문을 잠그고. 안 믿기죠. 열두 살짜리가 읽기만 하겠다니,
게다가 요강이라니. 귀엽네요. 그렇죠, 진짜 귀엽죠. 방 안
에 갇혀 책을 읽다 보면 화장실은 어떡할지 고민했나 봐요.
먹을 건 안 갖고 가고 요강만 갖고 간다고요? 그러니까요.
책을 먹으면 된다고 생각했나 봐요. 그렇다면 인문대 1동
4층 화장실이 허자은 교수의 요강인 셈인가.

십 년 전 마대홍 교수에게서 석사학위를 받은 이종수는
후임으로 누가 올지에 제 운명이 달려 있음을 짐작했다. 학
부 시절부터 에이스로 불리며 교수들의 총애를 받았고 지

방대 대학원의 상황을 알면서도 용감무쌍하게 진학했다. 밤에 대리운전 뛰고 새벽에 과외하면 낮에는 공부를 할 수 있으리라 생각했다. 순진하기가 대가리 꽃밭이었지, 지금은 자조하지만. 다행히 조교가 되어 월 백구십의 수입을 확보한 이종수는 주먹구구식으로 굴러가던 학과의 일들을 정비해나갔다. 군대 행정병 경험이 도움이 되었다.

입은 무겁고 엉덩이는 가벼우니 학과 교수들은 출근해서부터 퇴근할 때까지 이종수만 찾았다. 엄마의 젖무덤을 헤치는 아기들처럼. 아기 엄마 똥칠한다는 속담은 적확했다. 교수가 된 이후로 지적 발육이 멈춘, 혼자서는 아무것도 할 줄 모르는 다섯 아기들을 돌보다 보면 몸에 똥이 묻을 때가 많았다. 이종수는 눈 딱 감고 졸업만 생각했다. 어지간한 시골에 가도 대학 하나둘씩은 있는 나라인데 이 몸 하나 뉠 곳 없으랴 생각했다.

하지만 지도교수의 정년이 얼마 남지 않은 것이 문제였다. 현대문학 연구를 하고 싶어 마대홍 교수 밑으로 들어갈 때부터 각오한 일이긴 했다. 우여곡절 끝에 부임해 온 후임을 처음 봤을 때 이종수는 나쁘지 않다고 생각했다. 칠 년 전, 바람이 찬 3월이었는데도 땀을 뻘뻘 흘리며 강의계획서를 든 허자은 교수가 학과사무실로 들어섰다. 자리에서 벌떡 일어난 이종수가 복사를 돕기 위해 재바르게 움직였다. 허자은 교수는 고개를 가로저었다. 이건 자신의 일이라고, 조교는 교수를 돕는 사람이 아니라 학생을 돕는 사람이라고 했다. 무슨 콘셉트지, 속으로 뇌까리면서도 꼬막눈 속의 흰자가 깨끗하다 느꼈다.

허자은을 위한 신임 교수 환영식은 솥뚜껑에 돼지를 굽는 집에서 열렸다. 허자은은 초장부터 분위기에 초를 쳤다. 전형적인 파티 푸퍼, 그러니까 잔치에 똥물을 붓는 타입이었다. 제가 돼지고기를 못 먹어서. 한심하다는 표정을 짓던 교수들은 술이 들어가자 입이 걸어졌다. 아이고, 서울에서 오신 우리 막내 교수님이 주량이 좀 되시네, 돼지는 못 드셔도. 그거 참 체형이 비슷해서 그러시나. 동족에 대한 연민, 뭐 그런 건가. 아, 농담, 농담. 기분 상하신 건 아니지요.

자자, 우리 이종수 조교랑 러브 샷 한번 해요. 지도교수와 학생 사이가 될 텐데 서로 러브해야지. 그러고 보니 우리 교수님 아직 미혼이시지. 아, 요새 누가 미혼이라는 말을 써요. 그러다 미투 당해요. 요새 아주 수sue의 시대, 고소의 시대잖아. 아, 그럼 싱글, 싱글. 아, 싱글이시지. 우리 조교 어때요. 연하남에, 일 잘하지, 허리 꼿꼿하지, 허벅지 굵지. 이 조교한테도 좋지 뭘 그래. 애인이 교수님이면 혹시 알아, 교수 되는 데 안팎으로 팍팍 밀어주실지.

얼굴을 붉혔던 이종수와 달리 허자은은 소주잔만 멍하

게 보고 있었다. 주인공이 그 모양이다 보니 술자리는 급격히 지루해졌다. 불판이 식기도 전에 하나둘 외투를 주워 들고 황급히 가게를 나섰다. 이종수는 차마 먼저 일어서지 못하고 허자은 교수 앞에 앉아 탄 삼겹살을 먹었다. 마주 앉은 허자은 교수의 재킷—죽기 전 연구실 의자에 벗어놓은 그 재킷—에서 단추가 곧 떨어질 듯 아슬해 보였다. 낡기도 했거니와 허자은 교수의 가슴 때문이었다. 풍만하다기보다는 거대하다는 표현이 어울리는, 성욕보다는 질식감을 불러일으키는 가슴이었다. 기형적으로 짧은 팔다리와 좁은 어깨 때문에 그것은 더 기묘해 보였다. 허자은은 한여름에도 검은 재킷을 벗지 않았다.

가슴은 해가 갈수록 불어갔다. 이제 어디 있어도 허자은의 체형은 눈에 띄었다. 큰 일을 보고 제 손으로 뒤를 닦을 수 있을지도 의심되는 정도였다. 이런, 우리 교수님 월급 살 붙으셨네. 얼굴이 아주 활짝 피셨어. 곧 국수 먹여주시나. 아닌 게 아니라 동시로 등단하신 작가님이신데 아이를 낳아봐야 동시도 쑥쑥 낳지. 농담하던 이들도 이젠 말을 아꼈다. 그저 시선으로 허자은 교수의 체중을 추산하고 경악하기 바빴다.

성장기도 아닌데 재킷 소매와 바짓단이 조금씩 짧아졌다. 발목 스타킹의 밴드 자국이 살갗에 문신처럼 새겨졌다.

학생들은 사흘이 멀다 하고 학과사무실에 와서 한탄했다. 한 손으로 백묵을 쥐고 다른 한 손으론 손수건을 움켜쥔 채 땀을 닦으며 강의를 한다고, 강의가 끝나고 나면 겨드랑이에 동그란 얼룩이 생긴다고, 걸을 때마다 사타구니에서 시큼한 냄새가 난다고, 대부분의 학생은 모른 척하지만 비위 약한 몇몇은 강의실 창문을 열거나 손부채질을 한다고 했다. 그렇게 투덜대놓고도 학생들은 허자은을 흥미진진하게 구경하는 눈치였다. 그의 처참한 강의력에 고통받던 학생들은 이제 허자은을 구경하고 조롱하면서 유희적 쾌감을 추구하는 태도로 전회한 듯했다.

그들은 점점 강의실의 면적을 차지해가는 허자은을 뚫어져라 관람했다. 자거나 딴청을 피우는 학생은 없었다. 실시간으로 살이 찌는 마술 공연을 보듯 허자은에게 집중했다. 영문을 모르는 허자은은 학생들의 성실한 수업 태도에 감동해 속옷이 흠뻑 젖을 정도로 열강을 했다. 자신이 광대라는 것을 모르는 광대. 이종수는 허자은 교수가 점점 궁금해졌다. 퇴근 후 허자은의 투룸에서 어떤 일이 일어나는지, 얼마나 많은 텍스트와 음식을 폭식하는 것인지, 그 폭식은 얼마만 한 쾌락을 주는지, 허자은은 제 폭식의 결과를 관객들에게 보이는 자인지 관객들에 의해 보여지는 자인지.

학생들의 열렬한 관찰과는 별개로 강의평가는 하염없이

31

나빠졌다. 학과장이라 열람 권한이 있던 곽용권 교수가 강의 평점과 서술형 응답을 출력해놓고 허자은을 불렀다. 익명의 문장들은 단호했다. 최악의 강의입니다, 등록금 환불해주세요, 강의력 너무 딸림. 아니, 삼십대 교수면 강의 시간에 플라톤을 강독해도 5점 만점에 4.5는 나와야지 1.9가 뭡니까. 강의 평점이 얼마나 중요한 지표인데 젊은 교수가 학과 평균을 깎아먹는 게 말이 됩니까. 학과 평가에서 밀리면 대학 평가 결과 나왔을 때 인원 감축 타깃이 된다니까요. 곽용권 교수의 말이었지만, 그의 말답지 않게 사실이었다. 벚꽃 피는 순서대로 지방대학이 문을 닫을 거라는 농담은 대부분의 농담이 그렇듯 절반의 진실을 품고 있었다. 그렇다면 고산대의 순서는 턱 끝까지 육박해 온 셈이었다.

까칠하기가 사포 같던 인문대 교수들도 대학 평가 때면 평가위원에게 입의 혀처럼 굴었다. 그들의 허리는 개업식 행사용 피에로 인형처럼 무작위로 흔들렸다. 재작년 평가 때 영문학과의 한 노교수가 허자은을 향해 말했다. 거, 그래도 젊은 사람이 평가위원들에게 차나 한잔 내 가지. 이게 다 사람이 하는 일이니 분위기가 중요하잖나. 이런 걸 꼭 먼저 말로 해야 아나. 눈치껏 좀 움직여요. 중문과 박서린 교수 좀 봐요. 평가 날이라고 여자답게 치마도 입고 왔잖아.

박서린 교수는 허자은 교수와 같은 대학 출신이지만 눈

치가 빠르고 미모가 출중했다. 남편이 고산시 지방법원 판사인 박서린에게 교수들은 술김에도 함부로 굴지 않았다. 서울에서 내려온 여교수들은 본교 출신으로 똘똘 뭉친 이 대학 피라미드 밑바닥의 피식자였다. 출신 대학의 커트라인이 높으면 높을수록, 외모의 등급은 낮으면 낮을수록 더 그랬다. 정확히 허자은의 경우였다. 불문과와 독문과 교수—그렇다, 아직도 이 대학에는 불문과와 독문과가 남아 있었다. 인문학적 소양이 풍부한 이사장의 배려 덕에 재직 중인 교수들이 정년을 맞을 때까지는 숨을 붙여둔 것이었다—도 거들었다.

그게 좋겠습니다. 아, 교수가 직접 시중을 들면 평가위원들도 우리가 환영받고 있구나, 하지 않겠습니까. 분위기가 부드러워야 평가 결과도 부드럽고. 이번에도 C를 받으면 정원 30% 감축이니…… 덩치 큰 국문과야 문 안 닫겠지만 우리 불문과나 독문과는 절멸이에요, 절멸. 쭈뼛거리며 큰 몸을 일으켜 현미녹차 티백을 주섬거리는 허자은 교수를 위아래로 훑어보며 곽용권 교수가 말했다. 아, 꽃순이도 꽃순이 나름이지 오히려 역효과가 나지 않을까요. 좌중에 호쾌한 웃음이 번졌다.

벌겋게 달아오른 허자은 교수는 황급히 회의실 바깥으로 뛰쳐나갔다. 이종수는 평가위원들의 슬리퍼를 사러 다녀오겠다며 허자은을 따라나섰다. 뒤통수에 대고 곽용권 교수가 외쳤다. 야, 그래도 역시 지도학생밖에 없네. 아주 눈물겨워. 둔한 몸 때문에 허자은 교수는 몇 걸음도 못 달리고 이내 멈췄다. 가슴팍이 가쁘게 오르내리는 그를 달랬다. 교수님, 마음 상하지 마세요. 학과장님이 말씀을 기탄없이 하시는 편이에요. 제 석사학위논문 심사 때 저보고 똥 덩어리라고 하신 적도 있어요. 아니다, 핵폐기물이었나. 풋, 허자은 교수가 웃음을 터트렸다. 커다란 떡니가 살짝 얽은 얼굴 가운데 드러났다.

냉장고

그날 이후 허자은 교수의 태도가 친근해졌다. 이종수가 논문 지도를 받으러 갈 때마다 차를 끓여주었다. 이종수 역시 천원숍에서 산 수입 과자 같은 것을 종이봉투에 담아 올라가곤 했다. 과자, 떡, 도넛은 연구실 문화에서 통용되는 정서적 화폐였다. 소소한 단것들을 건네고 나누다 보면 혈관 속 피도 끈끈해지지만 사람들 사이의 정도 끈끈해지기 마련이었다. 드는 돈에 비해 남는 장사. 이것도 아버지에게 배운 사회생활의 비기였다. 9급 공무원으로 시작해 4급 서기관으로 은퇴한 아버지는 다양한 보신책과 줄서기 기술을 아들에게 전수했다. 허자은은 과자 봉투를 반갑게 받았지만 이종수가 보는 앞에서 먹는 법은 없었다.

허자은 교수가 죽기 바로 전날의 일이었다. 늦은 오후 대학원 신입생 지원자 명단을 전달하러 온 이종수에게 허자은은 커피를 마시고 가라고 권했다. 곽용권 교수의 급여 계좌 변경을 하러 가야 했던 차라 이종수는 망설였다. 평소 곽용권 교수의 통장 정리와 계좌 관리는 이종수가 전담하고 있었다. 본봉과 보직 수당이 입금되는 1번 계좌는 아내가 관리하니 급식비나 초과 강사료, 명절 휴가비 등이 입금되는 2번 계좌를 추가로 설정해두었는데 문제의 2번 계좌를 곽용권의 아내가 눈치챈 모양이었다. 교내 농협이 문 닫기 전 곽용권의 신분증과 위임장을 가져가 2번 계좌를 해지해야 했다. 하지만 허자은이 무안할까 봐 일단 고개를 끄덕였다.

먼지 쌓인 의자에 앉자—허자은은 제 연구실 청소를 잘하지 않았고, 근로장학생들에게도 시키지 않았다. 물걸레질을 한 적이 없는지 엄지만 한 먼지들이 저희끼리 회색 몸을 뭉쳐 굴러 다녔다—커피머신을 작동시키는 허자은의 두툼한 등이 보였다. 조금만 움직여도 숨이 찰 정도로 웅장한 몸이었다. 제 무게에 스스로 못 박혀 늘어진 신체. 이종수는 숭고미를 정의하며 거대한 크기를 언급했던 칸트를 떠올렸다. 감각과 상상력마저 와해시키는 단적으로 큰 것, 일체의 비교를 넘어서 무한을 향해 상승하는 것. 아름답지 않아서 아름다운 것의 비감함.

추출된 커피를 잔에 담는 허자은의 손등에 딱딱한 상처가 있었다. 몸에 비해 작은 손끝은 의외로 갸름하고 섬세했다. 사천왕 곁에서 꽃송이를 쥐고 있는 동자들의 그것 같았다. 가뜩이나 조그만 에스프레소 잔이 소꿉놀잇감처럼 보였다. 두 잔의 커피를 담은 쟁반을 들고 테이블로 다가오던 허자은의 왼 다리가 오른 다리에 걸렸다. 작년부터 무릎이 좋지 않아 뒤뚱대는 걸음을 걷던 차였다. 순간 균형을 잃고 한편으로 쏠린 몸이 바닥으로 무너졌다. 액체가 더러운 바닥을 적셨고, 허자은은 눈을 껌뻑이며 사태를 이해하려 애쓰고 있었다. 재킷에도 얼룩이 생겼다. 티슈 통을 집어 든 이종수가 갈색 웅덩이를 닦아내기 시작했다. 혼자 힘으로 일어나보려던 허자은의 육덕진 엉덩이에서 실밥 터지는 소리가 났다. 아, 이제 저 정든 슈트도 이별이려나.

이종수의 모른 척을 모를 리 없는 허자은이 새 커피를 내려 시작된 대화에서 자신의 몸을 주제로 삼았다. 요샌 자고 일어나면 체중이 불어 있어요. 이상한 나라의 앨리스가 된 기분이에요. 그 케이크 이름이 나를 먹어줘였죠. 어느 날부터 백묵으로 판서할 때 팔이 올라가지 않더군요. 놀랍진 않았다. 그보다는 아직도 분필을 쓰는 교수가 있다는 게 더 놀라웠다. 팔뚝이 재킷에 꽉 껴서 낑낑대봐도 그대로인 거예요. 애들 앞에서 망신을 당했지 뭐예요. 평소보다 가까이 마주한 허자은의 얼굴에는 나이답지 않게 솜털이 보송했다. 대충 보면 곰보빵을 먹으러 매점에 온 고등학생이라 해도 믿을 정도였다. 학생들이 제 몸 가지고 말이 많죠. 손수건으로 좁은 이마의 땀을 닦으며 말하는 허자은에게 뭐라 응답해야 할지 몰라 찻잔 입술만 매만졌다.

제 몸이 처음부터 이랬던 건 아니에요. 심지어 미숙아였는걸요. 저희 엄만 임신한 지 일곱 달 만에 떡집 화장실에서 저를 낳으셨어요. 아빠가 병원에 가자고 소리를 질러도 변기 위에서 꼼짝도 안 하고 버티셨대요. 아빠는 괴물처럼 신음하는 엄마를 보면서 저러다 아기가 변기 물에 떨어질까 조마조마하셨대요. 결국 화장실 바닥에서 탯줄이 잘렸죠. 엄마는 떡 만드느라 무리를 해서 조산했다며 자책하셨어요. 죄책감 때문인지 항상 과한 양의 음식을 먹이셨고, 조금이라도 남기면 한숨을 쉬셨어요. 전 그걸 꾸역꾸역 받아먹었고요. 이종수는 뭐라고 대꾸해야 할지 알 수 없었다.

칠삭둥이란 게 믿기지 않을 만큼 제 몸은 부풀어갔어요. 초등학교 입학 때 사십 킬로에 육박했죠. 학교 끝나면 집에 가기 싫어서 떡집으로 향했어요. 집에 가면 짓궂은 오빠가 있었으니까요. 아시죠, 남매 사이란 거. 보통 그렇잖아요. 잘 알죠. 여동생 둘을 둔 이종수가 웃으며 대답했다. 어느 날 떡집 구석에서 문제집을 풀다 막 나온 쑥 개떡을 게걸스레 먹었대요, 제가. 전 기억이 안 나지만, 그날따라 배가 고팠나 봐요. 그때부터였어요. 엄마가 매일매일 남은 개떡을 가져오신 게. 사실 진짜 먹고 싶던 건 크림이 들어간 보름달 빵이었는데.

그, 토끼 그려진 빵 말인가요. 맞아요, 조교 선생님도 아시네요. 그럼요, 군납용 빵 중에 하나였으니까요. 그걸 먹고 싶어도 말을 못 했어요. 전 그냥 제 앞에 놓인 걸 삼키는 사람이에요. 음식도, 책도. 그때부터 낮이고 밤이고 심지가 딱딱해진 개떡을 먹었어요. 쉬어버리면 안 되니까요. 얼마나 먹었는지 양치질을 할 때마다 질긴 쑥 찌꺼기가 나왔어요. 아실까요, 굳은 떡만큼 씹기 힘든 것도 없어요. 다시 쪄서 먹는다거나 하는 생각은 못 해봤어요. 대학에 가기 전까지 개떡이라면 물리도록 먹었죠. 수능 보는 날 아침도 대학에 떡 붙으라고 개떡을 주셨어요. 지금 제 몸의 팔 할은 그 개떡으로 구성된 것 같네요. 진짜 웃기죠, 개떡만 먹고 자란 교수라니. 이종수는 웃지 않았다.

지원자가 적었던 구축 기숙사로 들어갔어요. 사춘기가 늦게 온 건지 더 이상 엄마의 개떡 공격을 버티기가 괴로웠죠. 공대생이던 룸메이트는 실험 때문에 들어오지 않을 때가 많았어요. 저녁마다 모조 치즈가 듬뿍 들어간 피자를 시켜 먹었죠. 레귤러 사이즈는 배달이 안 돼서 라지 사이즈를 시켰어요. 배가 불러도 몽땅 먹었죠. 음식을 남기면 엄마가 알고 한숨을 쉴 것 같아서요. 몇 달 지나니 나중엔 패밀리 사이즈도 먹어졌어요. 인간은 역시 성장하는 존재더군요. 허겁지겁 피자 박스를 여는 스무 살의 허자은을 상상하며 이종수는 고개를 끄덕였다.

그 무렵 눈만 뜨면 새 편의점이 생겨났어요. 이십사 시간 무언가를 먹을 수 있게 됐어요. 신세계가 열린 거죠. 그때 부터 디저트에 눈을 떴어요. 아, 물론 고급은 아니고, 싸구려 디저트요. 새벽 네 시면 기숙사 편의점 앞에 샤니의 납품 트럭이 온다는 사실을 알아냈어요. 자다가 뛰쳐나가 비닐 가득 땅콩샌드나 단팥빵, 곰보빵을 사 왔죠. 어릴 때 그렇게 먹고 싶었던 토끼 포장의 보름달도요. 그렇게 떡의 세계에서 빵의 세계로 도망갔어요. 달고 부드러운 건 일단 쓸어 넣었죠. 과외비 받은 걸 편의점에 다 썼어요. 굶어 죽어가는 이들이 나오는 1920년대 소설을 한 손에 쥐고 다른 손으론 케이크를 퍼먹었어요. 이렇게까지 내밀한 이야기를 하는 이유가 뭘까. 평소와는 다른 모습의 허자은이었다.

길어지는 이야기에 이종수가 손목시계를 내려다보았다. 변명하듯 허자은이 말을 이었다. 이십대 때 이야기예요, 지금은 안 그래요. 이렇게 쪄버릴 만큼 먹진 않는데, 책만 읽어도 살이 찌니 신기한 체질이죠. 제가 과식하는 건 책뿐인데. 책 먹고 찐 살이라 그런지 빠지지도 않아요. 교수는 책을 계속 읽을 수밖에 없으니까.

어색하게 농담을 시도하는 허자은을 향해 웃어주며 이종수는 속으로 혀를 찼다. 책만 읽고 살찌는 법이 있다면 전세계 기아 문제는 다 해결되겠군. 노벨의학상과 평화상과 문학상을 동시에 받겠어. 군 시절을 제외하곤 마른 체형으로 살아왔고 섭식에 흥미가 없는 이종수에게 음식에 탐닉하는 이들은 음탕한 쾌락주의자로 보였다. 먹고 싸는 생리적 욕구에 담백한 태도를 유지할 수 있는 자신이 마음에 들었다. 과용된 쾌락은 반드시 대가를 치러야 한다는 생각에 길에서 마주치는 비만한 몸들에 가차 없는 경멸의 눈빛을 던지기도 했다.

행인과 학생들이 제 몸을 보고 쑥덕대는 것도 이젠 익숙해요. 그런데 저 정말 소화시키는 음식이 별로 없거든요. 뭐만 먹으면 가슴이 타는 듯 아파서. 아닌 게 아니라 단대 행사나 식사 모임에서 허자은은 거의 먹지 않았다. 본인을 위한 환영회 때 깨작거린 것도 돼지고기여서만은 아닌 듯했다. 허자은은 소도, 닭도, 풀도 깨작거렸다. 아니, 허자은 교수 왜 이렇게 소식해. 다이어트 중이야? 누구에게 잘 보이려고. 소화가 잘 안 돼서요, 역류성식도염이 있어요. 먹지도 않는데 몸이 불어나니 이건 뭐 숫처녀가 애를 배는 셈인가. 곽용권 교수는 제 말의 재치에 감탄하며 웃었다.

장례식장에 다녀온 다음 날 조교용 마스터키를 찍고 허자은의 연구실로 들어섰다. 4인용 테이블 위 쿠키 상자가 이종수를 뚱하게 바라보았다. 핑크색 리본이 달려 있었다. 죽은 이의 손이 닿은 물건에는 특유의 그림자가 있다. 시취가 감도는 듯한 공기를 최소한으로 들이마시며 진저리를 쳤다. 종강까지는 이 주 정도가 남아 있었다. 오늘 아침 교수 공채 초안을 건네며 곽용권 교수는 허자은 교수의 강의 수습을 이종수에게 맡겼다. 강사법 때문에 박사과정생은 강의해보기도 어려운데 연습 삼아 잘 됐군. 학기 말이니 발표 몇 번 시키고 기말고사 치면 후딱일 거야, 잘 해봐. 자네 입 무거운 거야 내가 잘 알지만 그래도 애들한테 괜한 이야기는 하지 말고. 네, 학과장님. 성적도 제가 부여하면 될까요. 그래, 알아서 대충 줘. 그 뭐냐, PTSD인가 하는 거 때문에 허자은 교수 수업 듣던 애들은 절대평가로 줘도 된다네. 학생생활상담소에서 누가 와서 상담도 해준다니 받게 하고. 나중에 책잡힐 거 없도록 증빙 자료도 잘 남겨두게. 네, 정리해서 학과 웹하드에 탑재해두겠습니다. 자네 없으면 우리 과가 어떻게 돌아갈지. 이거 원, 자네가 박사 졸업하기를 바라야 하는지, 말아야 하는지. 아, 아, 농담일세. 설마

하니 내가 그러겠나. 껄껄 웃던 곽용권 교수의 볼이 팽팽해
보였다. 좋은 것만 먹고 살아 그런지 때깔이 남달랐다. 금
실을 넣은 건가, 보톡스를 맞은 건가.

　연구실 전화벨이 울렸다. 8888. 뒷자리가 특이한 번호였
다. 이종수는 그 번호를 알아보는 스스로에게 놀랐다. 오래
된 자료나 신문을 불법 영인본으로 만들어 파는 사장의 전
화번호였다. 출판사라기도 민망한, 작은 트럭에 책 꾸러미
와 아내를 싣고 이 대학 저 대학을 돌며 명함과 팸플릿을
뿌리는 책 장수. 사장님께서 부고란을 잘 안 보시나 보군.
허자은 교수의 연구실은 학과 교수들의 그것 중 유일하게
책으로 가득 찬 곳이었다. 심지어 곽용권 교수의 방에는 제
가 쓴 책 외에 다른 책이 없었다.

　1960년대 문학을 연구하던 허자은 교수였지만 장사치들
이 팔러 오는 개화기 신문이나 잡지 영인본을 몽땅 사주곤
했다. 조교수 한 달 치 월급을 불러도 흥정을 안 했다. 거절
을 못 하는 건가, 타고난 호구인 건가. 『삼천리』와 『여성』,
『독립신문』과 『대한매일신보』가 두툼한 먼지 옷을 두른 채
죽은 제 주인의 어리숙함을 증거하고 있었다. 반대편 책장
선반에는 강의안과 학생들의 과제가 두툼한 포트폴리오로
정리되어 있었다. 강의 준비를 열심히 한 모양이었다.

　파티션 안쪽으로 들어갔다. 개인 책상 가운데 책탑 몇 개

가 쌓여 있었다. 익숙한 책이 보였다.『죽음의 한 연구』. 언젠가 허자은 교수의 서명을 받기 위해 연구실에 왔을 때, 강의에서 돌아온 그의 손에 들려 있던 책이었다. 이 책 읽어봤나요. 글쎄요, 읽은 것도 같고 아닌 것도 같고 자신이 없네요. 그렇군요. 허자은은 가름끈이 있는 쪽을 열어 예의 웅얼대는 목소리로 읽기 시작했다. 입술 아래 사마귀가 문장을 따라 꾸물거렸다.

이종수는 군대에서 읽었던 그 작품을 가물가물 기억해냈다. 알은체는 하지 않았다. 교수들은 기분이 좋다가도 이종수가 이론 이야기를 하거나 읽은 책을 언급하면 무안을 주곤 했다. 노비 주제에 지성인 기분을 내지 말라는 무언의 경고이자 구별 짓기였다. 그건 자기들 몫이니까.

게다가 그날 이종수는 허자은과 문학적 대화를 나누기엔 너무 바빴다. 학과사무실로 돌아가 학술대회 플래카드와 영수증들을 만들어야 했다. 하지도 않은 학회―곽용권이 소장으로 있는 교내 인문학 연구소 자체가 학교 예산을 받아내기 위한 일종의 유령 연구소였다―를 제주도에서 한 것으로 꾸며 연구재단에 성과 보고를 해야 했다. 곽용권 교수가 제주도에 갔던 건 사실이다. 골프만 치고 돌아와서 그렇지. 작년에도 그가 다녀온 여행 비용을 업무용 답사비인 것처럼 속여 학교로부터 돈을 받아냈다. 학생들이 함께 간 것처럼 증빙 사진과 답사 보고서를 생산하느라 애를 먹었다.

입맛이 까다로운 곽용권의 미식 기행을 위해 회의록을 만드는 것 역시 이종수의 특기였다. 상당한 기술과 파일 서식들이 필요해 교내 교보문고에서 포토샵 관련 책을 구매했다. 그런 책들은 학술서나 소설보다 훨씬 두껍고 비쌌다. 같은 과 교수들의 이름과 도장을 사용해 학과 회의가 있었던 것처럼 서류를 만들고 법인카드 영수증을 첨부했다. 영수증 내역에 주류가 포함되어 있거나 결제 일시가 주말 늦은 밤이면 산학협력단에서 바로 전화가 걸려오기 때문에 꼼꼼하게 살펴야 했다.

소소한 공작 놀이와 그 결과로 입금되는 수당, 그리고 그것을 가능케 하는 조교 이종수. 곽용권이 세 자녀를 죄다 서울이나 미국으로 유학 보낸 비기였다. 그 정도도 안 해먹는 교수가 어디 있어. 그래도 나를 꽤 챙겨주잖아. 가끔 이삼십만 원씩 휴가비를 주기도 하고. 우리 어머니 편찮으실 때 공진단도 건넸지. 박상아의 아버지가 하는 한의원 것이 랬어. 하지만 그런 작업을 한 퇴근길이면 이종수는 자꾸 끊었던 담배에 손을 대곤 했다. 만원 버스에 앉아 허리를 곧추 세워도 창에 비치는 몸이 자꾸 흘러내렸다. 차창 속 제얼굴에 침을 뱉고 그것이 저절로 마를 때까지 버스에서 내리지 않고 싶었다.

어제 장례식장 입구에서 담배를 태우는 이종수에게 허자은의 오빠가 다가왔다. 거, 불 좀 빌립시다. 이종수는 구멍 뚫린 재킷 주머니를 뒤져 라이터를 내밀었다. 함께 샀던 복권이 딸려 나왔다. 라이터를 받아 쥐는 왼손이 사정없이 떨리는 것을 이종수는 눈여겨보았다. 허자은의 오빠는 담배를 맛있게 피우는 이였다. 화장터는 예약하셨습니까. 자기도 모르게 뜻밖의 질문이 나왔다. 거구의 허자은에게 맞는 관이 있을지 기차에서부터 생각했던 탓일까. 우리 집안은 화장 안 합니다. 동생은 선산의 부모님 곁에 묻힐 거요. 나도 그 옆에 묻히겠지, 칵. 어째서입니까. 어린 시절 부모님이 쓰레기 소각장을 하셨지. 뭐, 시골구석이라 당연히 합법은 아니었고. 쏠쏠히 돈을 모아 상경하고, 떡집도 차리셨고. 그때 타는 냄새에 염이 나셨나 보지, 칵. 근데 뭐, 봉지에 담은 쓰레기 태우는 일이나 시루에 안친 개떡 찌는 일이나 불 써서 연기 내는 건 매한가지 아닌가, 칵. 그 연기 때문에 내 폐가 지금 이 모양인지.

연신 가래를 뱉는 그의 옆얼굴은 해부용 카데바처럼 말라 철학적으로 보였다. 여동생에 비하면 삼분의 일밖에 안 되었지만 닮은 곳이 있었다. 남매는 남매인가. 이게 바로 그 가족 유사성인가. 낙하하는 담뱃재를 발로 비벼 끄며 남자는 일어섰다. 육개장 더 드시고 가슈, 떡도 싸 가시고. 우리 집 개떡이 제법 찰지거든. 근데 이젠 아무도 먹을 사람이 없네. 자은이 그 아이가 개떡을 참 잘 먹었는데. 떡 주문할 일 있으면 연락 주슈. 그가 내민 명함엔 '낙원떡집'이란 상호와 전화번호 그리고 떡메를 쥔 토끼가 새겨져 있었다.

선산에 묻힌다니. 흙의 습기 속으로 파고든다던 지렁이는 허자은의 과도한 몸을 폭식하게 될까. 개떡을 먹고 만들어졌다는 그 커다란 육체, 허자은의 과도한 책들은 어떤 지렁이한테 넘기나. 네 살 때부터 마셔댔다는 그 숱한 서적. 요새는 동네 도서관도 문학서는 거절한다는데. 결국 끈으로 묶어서 버리는 수밖에 없겠지. 남은 학과 비품비와 필요한 끈의 양을 가늠해보는 이종수의 시선 끝에 소형 냉장고가 나타났다.

구토하다 질식한 사자死者의 냉장고. 폐기물 스티커를 붙여 내놓아야 할 물건이었다. 다른 이의 다른 물건도 아닌, 허자은의 냉장고를 가져다 쓰려는 이는 없을 터였다. 빈약한 호기심이 제 장점이라 자부하던 이종수지만 냉장고 안이 못 견디게 궁금했다. 남은 강의를 수습하는 일과 냉장고 문을 여는 일 사이엔 인과의 끈이 없는데도. 저 안에 있는 음식들이 허자은의 몸을 이룩했던 원료라면, 어쩌면 그 음식들을 확인함으로써 허자은의 죽음을 이룩한 원료들도 확인할 수 있지 않을까.

원래 흰색이었는지 상아색이었는지 짐작하기 어려운 손잡이를 당겼다. 냉장고 문은 망설이듯 뻑뻑하게 버텼다. 팔을 비틀어 힘을 주었다. 반동과 함께 문이 열렸다. 이종수는 반걸음 튕겨 섰다 숨을 멈췄다. 가운데 놓인 사과 한 알에서 썩은 물이 흘러내리고 있었다. 물컹하고 달큼한 냄새가 코를 찔렀다. 가늘고 누런 물줄기를 둘러싸고, 달콤한 싸구려 크림빵들이 첩첩산중을 이루고 있었다. 유동 인구 많은 길목의 편의점처럼. 우유는 쥐젖만큼 들어가고 식물성 유지로 단가를 맞춘 빵들.

침을 꿀꺽 삼키며 하나를 집어 유통기한을 살폈다. 6월 3일. 허자은이 죽은 날이었다. 선반 빈자리로 원통 모양의 약병이 굴러 떨어졌다. 일본어 제품명 뒤에 박력 있는 마침표가 찍혀 있었다. 현대문학 전공자는 일어를 할 줄 알아야 한다는 마대홍 교수의 지도를 받았던 이종수는 쉽게 해독했다. なかったコトに!, 나캇타코토니, 없었던 일로. 죄 많은 섭식의 악행도 무無의 세계로 돌려준다는 다이어트 약이었다.

회의에서 나온 불고기 도시락을 깨작대다 연구실로 돌아와 크림빵과 알약을 털어 넣었을 허자은을 상상해보았다. 쭈그려 앉아 있던 냉장고 앞에서 일어섰다. 어제의 여독과 수면 부족 때문인지 어지럼증이 몰려왔다. 근로장학생이 보기 전에 쓰레기봉투를 가져와서 버려야겠군. 아내가 싸주는 과일 도시락과 건강식품으로 가득 찬 곽용권 교수의 냉장고를 닦던 기억이 떠올랐다. 철갑상어즙 뒤에 숨어 있던 비아그라와 팔팔정 두 통도. 비밀이 없는 자 가난하다는 이상의 말이 옳다면, 구 년 차 조교 이종수는 낙원떡집 못지않은 부자였다.

노트북

    머리를 털어 생각을 쫓으며 책상 위 노트북의 전원을 켰다. 데스크톱을 사도 됐는데 군이 저가의 노트북을 고집하던 허자은이었다. 학과 답사 때 갔던 이효석문학관에서 허자은은 무릎이 아픈지 벤치에 앉아 있겠다고 했다. 가이드의 설명에 집중하지 못하는 학생들을 인솔하던 이종수가 창밖을 살피자 유리창 너머 허자은의 모습이 보였다. 살찐 무릎 위에 조그만 노트북을 올려놓고 키보드를 두드리던 얼굴은 봄 햇살 때문인지 불그스레 달아올라 있었다. 무엇을 쓰고 있었을까. 아무튼 포맷을 해야겠지, 후임 교수가 오면 새 컴퓨터를 들여야 할 테니까. 아무것도 요구하는 법이 없던 주인처럼 컴퓨터 역시 비밀번호 없이 켜졌다.

처음 이 노트북을 구입한 것도, 책장과 파티션을 주문한 것도 이종수 자신이었다. 신임 교수의 연구실 세팅비로 본부에서 이백만 원이 지급되었다. 가장 저렴한 가구들만 골라 넣었다. 오십만 원을 남겨 곽용권이 제 지갑처럼 사용하는 학과 통장에 입금했다.

바탕화면은 윈도우 기본 이미지였고, 폴더 하나와 휴지통 아이콘 외에는 깔려 있지 않았다. 폴더로 들어가니 투고용 논문 파일과 강의안들이 나타났다. 최근순으로 정렬하자 한글 파일 하나가 맨 위로 올라섰다. 파일의 제목은 '내 죽음의 한 연구'. 홀린 듯 파일을 더블 클릭했다. 잠긴 파일이므로 비밀번호를 입력하라는 무뚝뚝한 메시지가 등장했다.

연구실 호수를 입력해보았다. 404. 아니었다. 0000, 1234, 허자은 교수의 전화번호 뒷자리…… 모두 아니었다. 견딜 수 없는 호기심으로 단전이 들끓었다. 그때 누군가 연구실 문을 열고 들어왔다. 이종수는 자연스럽게 노트북을 덮고 책 한 권을 펼쳐 들었다. 불이 켜져 있길래, 유령인가 하고. 곽용권 교수였다.

아, 학과장님. 강의 준비를 하려면 자료를 참고해야 할 것 같아서 들어와봤습니다. 그 사람 강의는 참고 안 하는 게 낫지 않겠나, 간 사람한테 이런 말 뭣하지만. 자료 찾았으면 식사나 하러 가세. 혹시 장미옥 여사 아는가. 네, 학과장님 추천받아서 수필로 등단한 분 아닙니까. 곽용권은 고전문학 전공이지만 인맥이 넓어 제자들을 등단시키는 재주가 있었다.

자네 기억력이 비상하구먼. 시민교육센터 인문학 강좌 때부터 나를 쫓아다녔지. 초반엔 개떡 같은 글을 써 와서 정말 피곤했어. 아니다, 이 비유는 개떡한테 실례인가. 몇 년 눈물 쏙 빠지게 혼을 냈더니 제법 수필 꼴을 갖췄어. 제자가 하는 작은 출판사 통해 책을 내게 해줬지. 작가님 되신 기념으로 한우 오마카세를 산다네. 제가 껴도 되는 자리일까요. 자네 잘 알지 않나, 내가 여성분과는 일대일로 식사를 안 한다는 거. 나름의 보신책이지, 허허.

오십 줄을 넘겼지만 감각적인 패션과 숱 많은 머리, 지역 방송 인문학 강좌에 출연해서 알려진 이름 덕에 곽용권 교수는 인기가 많았다. 대학원생들은 그가 시키는 복사 심부름을 놓고 경쟁했다. 평생교육 강좌나 구청 교양 프로그램도 조기 마감되었다. 중소기업 사장들을 모아놓고 인맥을 만들어주는 학기당 천만 원짜리 CEO 인문 답사 프로그램도 그가 개발했다. 교내에서는 대학원생들, 교외에서는 사모님과 사장님 들로 구성된 팬클럽이 그를 병풍처럼 둘러싸고 있었다.

인물값이라 해야 할지 초임 시절 대학원생과의 연애담도

유명했다. 학교에 쳐들어와 머리채 잡기 기술을 선보였던 부인은 요즘도 신경안정제를 먹는다는 소문이었다. 한동안 모자만 쓰고 다니던 여학생은 수료를 하지 않고 사라졌다. 망설이는 표정의 이종수를 보고 곽용권이 말했다. 장미옥 여사 남편이 제법 큰 교회 목사야, 잘 알아두면 좋을 거야. 우리나라에서 교수 임용되려면 담임목사 추천서랑 불교 신도증은 필수 아니겠나.

미션 계열 대학에서는 출석 중인 교회의 인정서와 목사 추천서를 요구했다. 불교대학도 불교도 신행증을 요구하는 것은 마찬가지였다. 군대 시절 초코파이를 찾아 떠돌 듯, 지금은 교인 증명서를 찾아 다양한 종교를 섭렵하는 선배도 많았다. 나 이러다 종교학과로 전과하는 거 아냐? 이 짓도 하다 보니 종교는 없어도 신심信心은 생기는 거 있지. 대신 시심詩心을 영구적으로 상실했지만. 깔깔 웃던 현대시 전공의 선배는 독특한 교리로 유명한 한 종교재단 대학에 임용되었다.

지행이 일치하는 곽용권 교수의 연구실도 십자가와 불두, 부처님 손바닥과 싱잉 볼, 산해경과 호작도가 총집합한 분더캄머였다. 이종수는 웃으며 말했다. 그럼 잠깐 여기 정리만 하고 차 빼서 1동 입구로 가겠습니다. 세차를 미처 못 했는데, 죄송합니다. 에이, 우리가 그런 거 따지는 사이인

가. 한데 난 식사 후에 다른 일정이 있어서 내 차 가지고 가겠네, 자네는 따로 오게. 장소는 메시지로 보내지.

몸에 비해 작아 보이는 트위드재킷을 입고 룸에 앉아 있던 장미옥 씨는 곽용권 교수와 이종수를 보고 환하게 웃었다. 방금 화장을 고쳤는지 눈가에 떡진 컨실러가 가는 금들로 갈라졌다. 여전히 인물 좋은 총각이네. 언제 봐도 자세가 참 꼿꼿해. 잘 지냈나요. 장미옥 씨가 이종수의 어깨를 은근하게 어루만졌다. 대학 본부의 노력에도 불구하고 지역신문에 단신 기사가 나가는 것까지는 막지 못했다. 고산대 여교수 교내에서의 죽음, 평소 건강 문제로 추정. 장미옥 씨도 모르지 않을 텐데 사건에 대해 묻거나 애도를 표하지 않았다. 자신을 위해 자신이 기획한 이 파티엔 그런 화제가 어울리지 않는다 여겼는지도.

곽용권이 달고 온 또 한 명의 박사과정생 박상아가 화장실에서 옷매무새를 다듬고 뒤늦게 나타났다. 장미옥 씨의 하관이 울룩불룩하기 시작했다. 시앗 본 처처럼 노염을 타는 모습이었다. 인지도가 가뭄의 개천 수위만큼 낮은 인근 대학에서 학사와 석사를 딴 박상아가 고산대 국문과 박사과정 입학시험을 보러 왔을 때 교수들은 감탄을 금치 못했다. 박사과정 지원자가 워낙 적어 아무나 어서 오십시오, 무릎이라도 꿇어야 할 판에 박상아가 처녀 번제하듯 몸을 던진 것이었다. 특히 심미적 감성이 뛰어난 나상수 교수는 입을 다물지 못했다. 국문과에 전무후무한 미인이네요, 저런 애가 왜 공부를. 박상아는 지도교수로 곽용권을 선택했다. 아, 이럴 줄 알았으면 저도 고전문학 전공할 걸 그랬습니다. 다들 입맛을 쩝쩝 다셨다.

으쓱해진 곽용권은 어디를 가도 왼편에 박상아, 오른편에 이종수를 달고 다녔다. 선남선녀의 수발을 받는 옥황상제처럼. 박상아는 부채 든 선녀 역할을 즐길 줄 알았다. 승은을 구걸하는 궁녀처럼 굴지 않았다. 하늘 같은 지도교수인데도 저자세와 고자세를 적절히 구사했다. 곽용권은 자신이 박상아를 지도한다고 생각할지 몰랐지만, 이종수가 보기엔 박상아가 그를 조련하고 있었다. 어머, 여사님, 수필집 표지가 너무 예뻐요. 종달새처럼 조잘대며 눈을 빛내는 박상아 옆에서 장미옥 씨는 더 이상 주인공일 수 없었다. 박상아는 표지 그림만 들여다볼 뿐 책을 펼쳐 볼 생각도 하지 않았다. 작가님 대신 여사님이라는 호칭을 고집했다.

전쟁 중의 증시처럼 폭락한 장미옥 씨의 기분과 무관하게 기름진 식사가 시작되었다. 조금만 팔을 움직여도 수저와 포크 나이프, 디저트 스푼의 대열이 흐트러졌다. 인당 이십오만 원짜리 코스였다. 산타바바라 우니와 카비아리 캐비어로 앙증맞게 꾸민 아뮤즈부쉬는 수박을 곁들인 육

회, 홋카이도 관자로 이어졌다. 레몬과 멜론 셔벗으로 입을
헹구자 부르기뇽과 비프웰링턴이 보무步武도 당당하게 등
장했다. 잠깐의 휴지를 거친 후 늑간살과 부채살, 안창살과
채끝 스키야키가 나와 클라이맥스를 쳤다. 야할 정도로 화
려한 색깔의 지라시 스시와 고토 우동이 절정 끝의 허무를
달랬고, 크렘 브륄레의 풍만한 유지가 시달린 위를 감싸주
었다. 무국적 플롯의 장구한 서사였다. 선혈인지 육즙인지
가 낭자한 안창살부터 입맛을 잃은 이종수는 그저 먹는 것
처럼 보이기 위해 먹었다.

  배가 나오는 중년의 운명과 대결 중인 곽용권, 작가님이
된 쾌감을 도둑맞은 장미옥 씨도 입이 짧았다. 반면 발육
이 덜 된 아기 새처럼 마른 박상아가 의외로 잘 먹었다. 접
시가 나오는 족족 복스럽게 비워냈다. 젊은 아가씨가 잘 먹
네. 먹는 게 다 어디로 가나. 아무리 먹어도 살이 안 찌는 체
질인가 봐. 장미옥 씨의 뾰족한 말끝에 박상아가 애달픈 표
정으로 답했다. 전 살 좀 쪄보는 게 소원이에요. 아빠 한의
원에서 약도 지어보고 퍼스널트레이닝도 해봤는데 소용이
없네요. 저희 아빠 감비환이 다이어트 효과로 진짜 유명한
데 딸내미 증량시키는 약은 못 만드시더라고요, 하하. 그럼
장 여사한테 아버지 한의원 소개 좀 해드리지그래. 어머,
정말 그럴까요. 여사님, 제 소개로 왔다고 하면 잘해주실

거예요. 방천동의 팔체질한의원이에요.

장 여사의 볼이 푸들푸들 떨렸다. 그러거나 말거나 곽용
권은 계속 주절거렸다. 우리 박상아와 이종수는 군살이 없
어. 내 제자들이 대체로 말랐지. 문학하는 사람들은 그런
편이야. 왜 무라카미 하루키도 그러지 않았나. 작가는 배
나오는 순간 끝이라고, 육체적으로든 정신적으로든. 우리
이종수처럼 꼿꼿해야지.

장미옥 씨의 뱃살이 스커트 안으로 말려 들어가는 것을
이종수는 실시간으로 목격했다. 숨을 들이마시느라 타사키
의 진주 목걸이가 흔들렸다. 순간 죽은 허자은 교수가 평생
목걸이를 해보지 못했을 거란 생각이 들었다. 돼지 목에 진
주 목걸이, 아마 그 속담 때문일 거야. 두툼한 턱 아래 굵은
주름을 초커처럼 둘렀던 그 목. 에이, 전 작가도 아닌데요,
뭐. 장 여사님께서 작가시죠. 박상아가 곽용권의 팔뚝을 치
며 귀염성 있게 웃었다. 미인의 원죄는 자신을 아무리 낮춰
도 낮춰지지 않는다는 데 있다. 그럴수록 곁의 사람만 낮아
질 뿐이다. 곽용권은 사랑스러워 못 견디겠다는 표정으로
박상아를 바라보았다.

식대를 일시불로 결제하는 장미옥 씨를 남겨두고 박상아
와 곽용권은 식당 밖으로 빠져나갔다. 발레파킹 직원이 꺼
내놓은 곽용권의 벤츠 조수석에 올라타는 박상아의 몸짓

이 익숙해 보였다. 저 벤츠 타이어 하나 정도는 내 덕분이지, 생각하던 이종수가 장미옥에게 다가가 고개를 꾸벅 숙였다. 잘 먹었습니다, 작가님. 침묵하던 장미옥 씨가 말했다. 저 두 사람, 그렇고 그런 사이인가요. 그럴 리가요, 작가님. 오해십니다. 오해가 보통 이해더군요. 작가다운 통찰을 남기며 장미옥 씨는 은빛 렉서스와 함께 사라졌다.

그놈의 코스 요리 때문에 마을버스가 끊겨 있었다. 캠퍼스까지 삼십 분을 걸어도 뱃속이 느글거렸다. 인문대 건물로 들어섰다. 밤의 복도는 괴괴했다. 자정이 넘도록 퇴근하지 않는 허자은 교수는 건물 경비도 포기한 존재였다. 총장의 예언은 정확했던 셈이다. 언젠가 믹스커피를 나눠 마시던 경비가 이종수에게만 속닥거렸다. 순찰을 하다 보면 그 뚱뚱한 교수님 방에서 책 웅얼거리는 소리가 들리거든. 그게 얼마나 소름이 끼치는지 몰라. 책상에만 앉아 있어 어혈이 뭉쳤는지 볼 때마다 살이 찌데. 젊은 사람이 안됐어. 책을 그렇게 읽어대면 뭐 하나, 당장 자다 죽어도 이상하지 않은 몸이지. 난 예순넷인데 군대 시절이랑 체중이 똑같다고. 아, 자기 일만 열심히 해봐, 밥을 아무리 먹어도 군살 붙을 여가가 없지. 그런가. 이종수가 보기에 허자은은 이 건물에서 유일하게 자기 일을 열심히 하는 교수였는데.

소논문을 쓸 때 첫 각주에는 지도교수의 논문을 인용하

는 것이 업계 예절이었다. 허자은 교수의 논문을 빠짐없이 읽어본 이종수는 그것이 일반 논문과 전혀 다른 종種의 글임을 알고 있었다. 다른 교수들은 구글 번역기에 돌린 거친 초고를 정체불명의 해외 학술지에 게재하거나 제자들의 논문에 이름만 올리는 식으로 논문 수를 채워갔다. 영어 논문이나 자대 대학원생과의 공동연구에 본부가 더 많은 인센티브를 지급했기 때문이다. 그들의 테뉴어를 위한 실적 요건은 일찌감치 채워졌다. 하지만 허자은 교수의 글은 논문이라기보다 에세이에 가까웠다. 유리 공 같은 자폐적 질서 안에서 본문과 각주들이 대화하는 듯한 텍스트를 주야장천 썼다. 그러니 학술지 편집위원회로부터 수정 후 재심이나 반려 판정을 받았다. 익명의 심사자들이 남긴 수정 지시 사항을 수용하지 않아 재심에서도 탈락되곤 했다.

폐위되어 울고 있는 왕의 명령을 받들 사람이 없듯이 학교에서도 학계에서도 조롱받는 이의 논문을 읽을 사람은 없었다. 지도학생인 이종수를 제외하고는. 자발적 투고 논문이 거의 없다시피 한 군소 학술지나 등재 후보지, 정체를 알 수 없는 부설 연구소 발행지에서만 허자은 교수의 글을 받아주었다. 이 바닥에서 지도교수의 명성은 대학원생들의 취업 여부와 삶의 질을 가늠하는 것이었다. 허자은에 대한 소문은 때로는 유머러스하게, 때로는 선정적으로 업계

구석구석에 퍼져나갔다. 그러니 타 대학에서도 석박사과정 지원자가 찾아드는 곽용권과 달리, 허자은의 박사과정생이라고는 지난 칠 년간 이종수 한 명이었다. 다른 대학원생들은 허자은의 연구실에서 논문 지도를 받고 나오는 이종수를 보며, 마님이 왜 돌쇠에게만 쌀밥을 주었나, 놀리기 일쑤였다.

시설 팀에서 제어하는 난방이 끊긴 시간이었다. 초여름이었으나 복도 시멘트 바닥에서 냉기가 스프링클러처럼 뿜어 나왔다. 설계가 잘못된 이 건물은 한여름에도 손이 곱아드는 곳이었다. 지난 몇 년간 이종수를 비롯한 많은 대학원생이 이 냉기에 뼈가 저리다 몸과 마음이 망가진 채 졸업을 하거나 말없이 사라졌다. 함께 박사과정을 시작한 동기 중 학교에 남은 사람은 이종수 하나였다. 비위 좋은 놈, 그것이 그에 대한 친구들의 평가였다. 그랬다. 어지간한 행태에도 구토는 하지 않는 것, 눈을 감고 정지용의 「인동차」나 백석의 「남신의주 유동 박시봉방」을 속으로 외는 것, 언젠간 마가리에서 책력 없이 갈매나무를 볼 수 있으리라는 환상을 끌어안는 것, 나타샤를 품을 곳이 헌 삿을 깐 한방이 아니라 어엿한 교수 아파트이기를 욕망하는 것, 흰 당나귀는 못 키워도 흰 강아지 정도는 기를 수 있기를 바라는 것, 식은 분노는 비둘기 똥으로 덮인 건물 옥상의 담배 연기로 태워 날리는 것, 제사 지방처럼 날다 내려앉은 마음을 못 본 척 쓰레기통에 버리는 것, 그리하여 이 모든 일에 낱낱이 무뎌지는 것, 무겁고 타락한 머리를 변기통에 박기는커녕 하늘을 향해 세우고 다니는 것, 유난히 자세가 꼿꼿하다는 평가를 듣는 것, 제 발자국 소리조차 징그러워하며 허자은의 문 앞에 도착했다.

마스터키를 대고 손잡이를 돌렸다. 언제 봐도 가슴이 답답해져오는 연구실 풍경이었다. 규칙 없이 누워 있는 책의 무덤들이 지층을 이루고 있었다. 버려진 후궁의 냉궁 같은 곳에서 허자은은 왜 자정까지 이것들을 읽었을까. 연말정산을 위해 제출한 허자은의 영수증 서류를 정리하던 이종수는 그가 월급의 대부분을 책 구입에 쓴다는 것을 알고 놀랐다. 그의 투룸은 책으로 뒤덮인 상태였을 것이다. 연구실에 쌓인 책들도 포화 상태였으니까. 공기가 차서 책들도 뻣뻣해 보였다. 개인 전열기를 쓰지 말라는 시설과의 공문을 준수하는 사람은 아무도 없었다. 허자은 교수만 제외하고.

연구실 구석 세면대에서 온수로 손을 적신 뒤 비누 거품을 내어 정성스럽게 손가락 사이를 닦았다. 옆에 걸린 종이타월로 물기를 꼼꼼히 닦은 후 노트북 전원을 켰다. 칠 년간 과로한 컴퓨터는 멸종 직전의 공룡처럼 둔하게 움직였다. 교수용 컴퓨터는 오 년에 한 번이 교체 주기였다. 원하는 사양을 묻는 이종수에게 허자은은 교체를 거부하겠다고 했다. 느려지긴 했지만 글을 쓰기에 충분하다고. 아니, 느려서 충분하다고. 다른 교수들이 연구비로 라이카 렌즈나 늦둥이의 프뢰벨 전집을 턱턱 사는 동안 프린터 토너와 에이포 용지만 사대던 허자은 교수.

그 조그만 흰자위를 떠올리며 파일 암호란에 되는대로 숫자를 입력해보았다. 어림없었다. 그때 다시 연구실 전화벨이 울렸다. 8888. 어지간히 독한 책장수였다. 교수들에게 문전박대를 당하면서 면이 두꺼워진 그에게 이종수도 적잖이 시달린 바 있었다. 틈만 나면 학과사무실로 쳐들어와 팸플릿을 내밀었다. 공부하는 사람한텐 책이 총알이지 않습니까. 아, 군대 가보셨잖아요. 군인이 총알 없이 어떻게 전쟁을 나갑니까. 박사님, 이 책 언젠가 꼭 필요하실 겁니다. 지금 소장해두세요. 사장님, 저 박사 아니고 박사과정생이에요. 제가 무슨 돈이 있겠어요. 그래도 조교님이시잖아요. 저 얼마 받는지 아시면 용돈이라도 주고 가실걸요. 그리고 저 1960년대 문학으로 논문 써요. 고신문 볼 시간 없어요.

그는 허자은 교수가 이 시간까지 연구실에 있다는 것을 아는 듯했다. 알 수 없는 충동에 수화기를 들었다. 여보세요. 아, 아니, 우리 박사님 아니세요. 단번에 목소리 주인을 알아채는 걸 보면 보통 장사치는 아니었다. 오만한 교수들에게 눈치 없는 척 들이대는 건 직업 정신일 뿐. 박사님이 왜 허자은 교수님 연구실에. 부러 연극적인 공백을 두고 입을 열었다. 허자은 교수님 돌아가셨습니다. 수화기 안이 진공상태처럼 느껴졌다. 그게 무슨, 그게 무슨 말씀이십니까. 묻는 목소리 끝이 허자은 오빠의 왼손처럼 흔들렸다. 말씀드린 그대롭니다. 허자은 교수님께서 돌아가셨습니다. 저도 지금 경황이 없어서, 끊겠습니다. 이후 뵙고 말씀드리지요. 아니, 그게, 무슨, 잠깐만요, 조교 선생님. 허자은 교수님이 부탁하신 책이 있거든요. 초판본이라 아주 어렵게 구했는데, 낙장 없는 거라 사십만 원이나 하는 건데, 연구실 문이 잠겨 있어 학과 우편함에 넣어두었거든요. 그때부터 연락이 안 돼서 책 대금을 못 받았는데, 이를 어쩌죠. 글쎄요, 일단 끊겠습니다, 밤이 늦어서. 수화기를 내려놓으려다 아차 싶어 다시 귓가에 댔다. 사장님, 놀라셨지요. 아, 네, 뭐. 사실 저도 넋이 나가서 말이 짧았습니다, 죄송합니다. 별말씀을요. 그런데 사장님, 교수님께서 부탁하셨다는 그 책, 제목이 뭡니까. 대금은 제가 치르겠습니다.

루즈앤누와르

　그 밤부터 이종수는 박사논문 수정을 멈추었다. 대신 허자은의 파일 암호를 찾는 데 골몰했다. 연구실엔 온갖 문서가 넘쳐났으나 허자은이 남긴 사적인 기록이라 할 만한 것은 없었다. 암호가 걸린 그 한글 파일 외에는. 결국 이종수는 허자은이 쓴 논문들을 역순으로 다시 읽어나가기 시작했다. 각주 하나, 행간 하나, 종결어미 하나 놓치지 않았다. 그러느라 자신의 논문은 뒷전이었다. 매일 그날의 날짜와 버전을 적어 파일명을 붙여둔 학위논문 파일은 구 년 치가 차곡차곡 쌓여 있었다. 다섯 교수를 돌보느라 삭신이 쑤셨지만 한 줄이라도 쓰지 않은 날은 없었다. 그랬던 이종수가 허자은의 연구실에 틀어박혀 허자은이 토해냈던 혹은 흡

수했던 글을 읽는 것으로 퇴근 후의 시간을 보내기 시작했다. 학사일정 공지가 간략해졌고, 회신을 놓치는 본부 공문들이 생겨났으며, 곽용권이 부탁한 작업의 결과물들이 성글어졌다.

꼿꼿하던 몸이 수면 부족으로 흐트러졌다. 이유 없이 몸이 불어가기 시작했다. 그러거나 말거나 허자은의 서가를 삼켜나가던 이종수는 게오르그 루카치가 쓴 『소설의 이론』 가운데 페이지에 꽂힌 신문 조각을 발견했다. 학부 시절 신춘문예 동시 부문에 당선된 허자은의 수상 소감 기사였다. 영정 사진보다 조금 갸름한 얼굴 아래 딱 한 줄. 신인으로선 놀라운 절제였다.

"악惡에 대해 잘 알지만 선善에 대해 쓰고 싶다."

허자은이 쓴 동시의 전문은 없었다. 같은 해 1월 1일 자 신문에 게재되었을 것이다. 중앙도서관 연속간행물실은 문을 닫은 시간이었다. 다급히 전자도서관에 로그인을 하고, 신문 아카이브에 접속했다.

똑. 똑. 똑. 고의적 휴지를 두고 울리는 노크 소리. 곽용권 교수는 아니었다. 성격이 급한 그는 노크를 맺기도 전에 밀고 들어오니까. 내려야 할 명령이 많은 자의 습관. 빼꼼 열린 문 사이로 깐 달걀처럼 희고 미끈한 것이 나타났다. 어쩐 일이야. 퉁명스럽게 대꾸했다. 오빠 보러 왔죠, 요새 여기 사신다는 소문이. 살긴 누가 산다고 그래, 새 교수님 오시기 전에 정리해야 되니까 그렇지. 아, 오빠는 정리를 독서하면서 하시는구나. 역시 국문과 황태자는 뭐가 달라도 달라.

인상을 찌푸렸지만 면전에서 하는 아부가 싫지 않았다. 자신도 이 바닥 사람이 다 되었다고 이종수는 생각했다. 박상아의 말은 과장이 아니었다. 교수들의 전폭적 신뢰를 받고 있는 데다 본교 본과 출신 남자인 이종수는 명백한 진골眞骨, 이래저래 따옴표 쳐진 인물이었다. 학과와 학회 일로 과로하고 있었지만 그걸 가엾게 여기는 이보단 부러워하는 이가 많았다. 입학하면서부터 박상아는 그런 이종수에게 유혹적인 태도를 취했다.

어느새 파티션 안쪽까지 들어온 박상아의 가느다란 팔엔 샤넬 백이 걸려 있었다. 유능한 바텐더가 제조한 준벅June Bug처럼 맑은 녹색이었다. 주인에게 어울리는 가방이었다. 6월 초여름의 여왕벌 같은 아이. 어떤 각도에서도 제가 어여쁘다는 것을 아는 여유, 뭇 일벌들의 추앙에 나른하게 손 흔들어 화답하는 친절, 칵테일에 꽂힌 멜론과 코코넛 과육처럼 비일상적인 빛깔과 향기. 글을 읽기엔 맑은 눈, 책을 들기엔 가녀린 팔, 글을 쓰기엔 투명한 손, 도서관 서가를 걷기엔 지나치게 긴 다리. 한 줌이나 될까 말까 한 허리를 기울이며 미간을 살짝 찌푸리고 상대의 말을 듣는 습관. 여자라곤 소설 속에서만 주로 교류했던 남자 대학원생들의 한숨과 경탄을 자아내기 충분했다.

박상아는 4인용 테이블 위에 백을 함부로 올려두었다. 큰마음 먹고 명품 가방을 사는 이들은 대개 검은색을 고른다. 어디에나 받쳐 들 수 있도록 무난한 선택을 하는 것이다. 그래야 무리한 소비가 본전을 찾으니까. 하지만 박상아의 가방들은 그녀의 옷처럼—검은색은 절대 입지 않는 박상아였다—총천연색이었다. 광기 어린 보라색, 이가 시린 레몬색, 펑키하고 미래적인 은색, 학령기 이후론 쉽지 않은 딸기우유색, 소위 꽃분홍이라 불리는 진달래색까지. 도대체 저런 것을 어디서 구할까 싶은 정도인데 그녀 곁에만 가면 이상하지 않았다. 로고가 커도 천박하지 않았고 색깔이 요란해도 촌스럽지 않았다. 재주라면 재주였다. 뭐든 자연스럽게 만들어버리는 자기장이 그녀를 둘러싸고 있었다. 허자은 교수와 반대로.

삼대째 부자인 자만 뿜는 광채가 있다고, 대학원생들은 수군거렸다. 박상아는 대화 중간중간 아빠 의원에서, 엄마 환자 중에, 삼촌 학장실에서, 같은 말들을 숨기지 않았다. 다들 박상아의 집 평수와 애완견 나이까지 훤히 알았다. 비만 전문 한의사와 교정 전문 치과의를 부모로 두었으니 다들 박상아의 자태나 치아를 의심의 눈으로 관찰했다. 사람 손을 댄 흔적은 찾을 수 없었다. 천의무봉. 자연의 솜씨였다. 플랫슈즈만 고집할 수 있는 큰 키, 버들가지 같은 허리, 완벽한 치열은 까막눈의 이종수가 보기에도 그저 타고난 것이었다.

유전적 복권을 긁으면서 어미의 양막을 찢고 나온 사람들. 세계를 향한 그들의 해맑은 개방성과 낙관성. 박상아의 노골적인 접근에 이종수라고 흔들리지 않은 것은 아니었다. 그녀의 깜찍한 메리제인 슈즈를 생각하며 수음을 한 적도 있었다. 하지만 도서관에 가서 자료 찾는 걸 도와달라거나 교외로 드라이브를 시켜주겠다는 박상아의 연락에 답하지 않았다. 월수금엔 귀여운 폭스바겐 골프를, 화목에는 늠름한 레인지로버를 타고 등교하는 박상아의 조수석에 앉고 싶지 않았다. 아니, 그보다는 곽용권 교수의 눈 밖에 날 일을 만들기 싫었다. 그걸 아는 박상아는 눈이 마주칠 때면 이 천하에 못나고 비굴한 놈아, 하는 표정으로 붉은 새의 부리 같은 입술을 삐죽였다.

나가, 빠빠. 퉁명스러운 이종수의 반응 따위 아랑곳하지 않고 박상아는 제 할 말을 했다. 오빠, 오빠, 허자은 교수님이 돌아가시기 전에 마지막으로 같이 식사한 사람이 누군지 알아요? 교수님은 누구랑 같이 식사 안 하셔. 바보, 역시 오빠 헛똑똑이야. 그게 바로 나라고요. 거짓말하면 코 길어진다. 진짠데, 착한 상아는 거짓말 같은 거 안 하는데. 제 이름을 부르는 유치원생 흉내가 역겨웠다. 근데 왜 경찰한텐 그런 말 안 했어? 귀찮은 일 하면 피부 나빠지잖아요. 깔깔 웃는 박상아의 얼굴은 작은 악마 같았다. 나한텐 해도 안 나빠지나 보지? 오빠가 다시 보듬어주면 되지, 스베스베 매끈매끈하게. 미친년, 재수 없는 년, 전형적인 스포일드키드. 곽용권 교수에게도 저런 식으로 애를 태우겠지. 이종수는 박상아의 얼굴에 침을 뱉는 상상을 했다. 버스 차창 속 자신에게 그랬듯. 그래, 그런데, 그래서 저 요철 없는 얼굴과 그 얽은 얼굴의 여자는 무슨 대화를 나눈 걸까. 궁금해하는 티를 내면 안 되겠지. 저년한테 말리는 거야.

생각의 악무한에 갇혀 있을 때, 어느새 뒤로 다가온 박상아가 이종수의 등에 아담한 젖가슴을 누르며 속삭였다. 돌아가시기 전날 밤이었어요. 사망 추정 시각이 오전 여섯시라면서요. 경비 아저씨가 출근하시기도 전이라데요. 그러니까 연락이 왔던 게, 음…… 돌아가시기 열 시간 전쯤 되려나. 중앙도서관에서 책을 읽고 있었어요. 오빠 알죠, 나 이번 학기까지 등재지 논문 한 편 못 쓰면 개털 되는 거. 네일아트 바꿀 시간도 없이 건학하고 건필하는 중이었어요. 그때 갑자기 문자가 왔어요. 이십사 시간 영업하는 후문 카페로 오라고. 옳다구나 달려갔어요. 오빠는 몰랐겠지만 나, 허자은 교수님하고 꽤 친했어요. 안 믿기죠. 아, 따뜻해. 우리 오빠는 등도 참 넓어. 뇌에 주름도 많고, 섹시해.

귓불에 입김이 닿았다. 달콤한 스카치 캔디 향이 났다. 다른 대학원생들이 학과 내 권력 구도를 눈치 채고 은연중에 허자은 교수를 무시할 때도 박상아는 그러지 않았다. 다른 교수들에게보다 깍듯하게 굴었다. 그걸 보며 보통 계집애가 아니라고, 저 조그만 머리통 속에 무엇이 들어 있는지 모르겠다고 생각한 이종수였다. 학과사무실 문을 열어놓고 근무하다 보면 박상아와 허자은이 나란히 복도를 걷는 모습을 볼 수 있었다. 예술의 신이 상반된 화풍을 실험해본 습작처럼 보였다. 야수파와 고전파, 포비즘과 로코코, 악마스러운 신의 장난, 기이한 짝패. 조잘대는 박상아를 경청하며 보조를 맞추는 허자은 교수의 구두 소리가 여느 때보다 조심스러웠다.

하지만 친하다고? 단둘이 식사를 했다고? 지도학생인 나와도 칠 년 동안 한 적 없던 걸? 오빠, 내 말 듣고 있죠. 그래. 뭐, 정확히 말하면 식사는 아니고 티타임이긴 했어요. 아무래도 그렇게 살이 찐 사람들은 남들이 보는 데서 밥 먹기 싫을 테니까. 그날도 생크림케이크랑 커피를 사주셨어요. 하얀 크림에 새빨간 여름 딸기가 하나 올라가서 뭔가

청순하면서도 야하게 생긴 그런 케이크였어요, 나처럼. 너 변태냐. 변태는 오빠죠. 뭐라고? 농담. 아무튼 케이크는 나만 먹었어요. 교수님은 손도 안 대고 내 얼굴만 물끄러미 보셨고요. 뭐, 나는 얼굴 관람당하는 게 평생 직업이었으니까 태연하게 나 먹을 걸 먹었고요. 어른이 사주시는 거 남기면 결례잖아요. 케이크가 사라지자 교수님이 그 지겨운 노트북 가방에서 책 한 권을 꺼내셨어요. 동작이 어찌나 수줍은지 보는 내 팔다리가 간지러웠죠.

이종수의 눈이 크게 벌어졌다. 책이라고? 왜 그렇게 놀라요. 교수가 학생한테 책 주는 게 그렇게 놀랄 일인가요. 오빠는 책 받은 적 없나 봐요. 어머, 어떡해. 허자은 교수님이 오빠보다 날 더 좋아하셨나 봐. 선물 자랑 다 했으면 나가 봐. 읽고 써야 하는 게 산더미야. 오빠 열혈 연구자인 거 내가 알죠. 오빠 논문 다 찾아 읽는데. 앱스트랙 읽으면 막 지적 오르가슴이 느껴진다니까. 박상아는 가는 손가락으로 이종수의 뒷덜미를 어루만지다 옴폭 파인 곳에 머물러 동그라미를 그렸다. 이종수의 아랫도리에 힘이 들어갔다. 고개를 저으며 허자은 교수의 얼굴을 떠올렸다. 일어나려던 것이 수그러들었다.

본론 말하고 얼른 나가라니까. 도발당한 자신이 민망해 큰 소리가 나왔다. 조만간 나랑 술 한잔해요. 내가 왜. 이유는 만들기 나름이죠. 나가. 지금 사십 시간째 못 자고 있어서 위험한 짐승이니까. 아우 무서워라. 네, 네, 말씀드리죠. 그날 그렇게 책을 주고 교수님은 황급히 사라지셨어요. 아니다, 황급히는 잘못된 표현이에요. 뒤뚱거리며 사라지셨어요. 근데 제가 현대시는 따악 질색이거든요. 나 아파, 나 힘들어, 나 차였어, 잉잉잉, 징징징. 그래서 주신 책을 열어보지도 않았어요. 그러다 다음 날 교수님 부고 문자를 보자마자 책을 찾았어요. 어느 가방에 넣어둔 건지 한참 헤맸죠. 그게 이거고요. 어쩐지 오빠가 이 책 갖고 싶어 할 것 같아서. 무슨 초판본이라 귀한 책 같던데. 박상아는 준벅 가방에서 얇은 시집을 꺼내 내밀었다.

이걸 왜 나한테 줘, 교수님이 네게 주신 건데. 에이, 문학의 운명이 원래 그런 거잖아요. 발신은 됐는데 원래 수신자한테 도착하지 못하는 거. 시끄러워, 허자은 교수님에 대해 조금이라도 예의를 갖출 생각이라면 이 책은 네가 가져. 아까 말씀드렸죠, 피곤한 데 말리면 피부 상한다고. 이걸 갖고 있으면 심신이 찝찝해질 것 같다, 이 말씀이에요. 암고양이처럼 야무지게 고개를 젓는다. 영악한 계집애였다. 내 피부는 상해도 되냐. 에이, 오빠 피부는 이 정도론 안 상하죠. 처염상정, 진흙 못에 피는 연꽃, 장미옥 여사님 말씀대로 꼿꼿한 미남. 우리 오빠는 능히 감당하시겠죠. 피부도 비위만큼 워낙 튼튼하시니까.

뱃속이 꿀렸지만 일단 책을 향해 손을 뻗었다. 그런 이종수를 보던 박상아는 내밀었던 책을 다시 거두었다. 뭐 하자는 거야. 조건이 있어요. 뭔데. 아까 얘기했잖아요, 조만간 술 한잔하자고요. 욕망이 인내를, 호기심이 조심성을 이겼다. 침묵하는 시늉을 하다 고개를 끄덕였다. 그래. 완전히 말려든 것을 인정한 이종수는 항복을 선언했다. 박상아가 책을 내밀었다. 참 잘했어요, 오빠. 적당할 때 연락할 테니 바로 나와요. 그럼 전 이만.

하나만 물어보자. 그러셔요. 너 곽용권 교수랑 잤니. 아뇨. 근데 왜 남자들은 항상 그런 걸 물어요? 자는 게 뭐 그렇게 대단한 일이라고. 잠이야 죽을 때까지 맨날 자는 거 아니에요? 킬킬대는 박상아를 재우쳤다. 그런 뜻 아닌 거 알잖아, 사귀냐고. 제가 미쳤다고 그런 아저씨랑. 우리 아빠랑 호형호제할 나인데. 그럼 뭐야, 사람들 입에 오르내리려 좋을 게 뭐냐고. 계속 학계에 있을 거라면 몸가짐 조심해. 생각만 해도 소문나는 곳이야. 아니, 생각 안 해도 소문나는 곳이야. 원래 예쁘면 입 타는 건 운명이에요. 전 받아들였어요. 그래도 예쁜 건 수지맞는 장사니까요. 그리고 저 학계에 계속 못 있어요. 언감생심 내 학부 학벌로 교수 꿈꾸는 바보도 아니고. 적당히 박사 따서 시간 강의나 나가며 지낼 거예요. 선 볼 때 백수가 낫겠어요, 외래교수가 낫겠어요. 오빠, 느낌 알죠.

그건 네 마음인데 곽용권 교수님과 거리를 둬. 오빠로서 하는 충고야. 아우, 우리나라 오빠들은 충고 못 해 죽은 귀신이 붙었나. 그분은 날 키 링처럼 달고 다닐 뿐이에요. 털 끝 하나 안 건드린다고요. 뭐랄까, 저한테선 영감만 받으시고 유흥은 다른 데서 즐기시죠. 박상아는 깔깔 웃었다. 다른 데라고? 종로에서 뺨 맞고 한강에서 눈 흘기고. 아, 이 속담은 아닌가. 하하, 아무튼 오빠, 모르시는 건 아니죠. 우리 학과장님 고산시 밤의 황제로 소문 짜한 거. 전 오히려 곽 교수님 같은 분이 편하고 좋아요. 투명하잖아요. 머릿속이 수정구슬 같아. 그런 분들 얼마나 다루기 쉬운지 아세요? 넥타이 좀 칭찬해주거나 선생님 학위논문 찾아 읽어봤어요, 하면 밤새 전화해서 뮤즈가 어떻고 떨림이 어떻고. 그 나이에 떨림 느끼면 심근경색이나 부정맥일 텐데, 우리 허자은 교수님처럼.

못 하는 말이 없구나. 오빠가 믿든 말든 난 허자은 교수님이 싫지 않았어요. 날 경계하거나 갈구거나 아님 아예 시녀질 하거나 그런 유형밖에 못 보다가 신선했죠. 허자은 교수님은 내가 예뻐서 좋아하시는 거 같았는데. 아, 벌써 보고 싶어, 우리 허자은 교수님. 맘에 없는 소리 마. 난 오빠처럼 맘에 없는 소리 못 해요. 뭐라고? 선배들이 오빠 뭐라고 부르는 줄 알아요? 관심 없어. 왕지라, 왕지라라고 불러요. 그게 무슨 뜻인데. 지라가 크다고요, 비위 좋다고. 할 일 없는 인간들 많네. 아무튼 전 교수님들보다 선배들 대하기가 더 어려워요. 괜히 시기하고 질투하고. 선배들이 네깟 걸 왜. 이종수는 일부러 박상아를 자극해보았다. 박상아는 천연덕스러웠다. 무슨 사진 인화 심부름만 다녀와도 승은이라도 입은 것처럼 씹어대잖아요. 자기들끼리만 칸트 세미나 만들고 난 끼워주지도 않고. 칸트 나 많이 읽었는데. 순수이성비판, 실천이성비판, 판단력 비판, 인간은 무엇을 알수 있는가, 인간은 무엇을 행해야만 하는가, 인간은 무엇을 희망해도 좋은가. 어때요, 저 좀 하죠.

잘났군. 암튼 전 곽용권 교수님과 둘이 밥 한 번 먹은 적 없어요. 아시잖아요, 곽 교수님의 헌법 1조 1항, 여자 제자랑 일대일로 밥 먹지 않는다. 1조 2항, 함께 있을 땐 연구실 문을 늘 열어둔다. 물론 절 좋아하시긴 하시죠. 비결이 뭐니. 차차 알려드리죠. 궁금하면 앞으로 제 연락 씹지 마세요. 샐쭉대던 박상아가 허자은 교수의 책상 위 만년필을 보더니 날름 집어 들었다. 도둑질까지 하니, 선물로 주신 책은 찝찝하다고 나한테 버리면서 그건 왜. 오빠, 이거 한정판이에요. 몽블랑 헤리티지 루즈앤누와르 1906, 전 세계에 천구백여섯 피스밖에 없다고요. 듣고 보니 검은 무광의 펜에 새겨진 금빛 인그레이빙이 화려했다. 지팡이처럼 길쭉하고 미끈한 만년필의 체피를 뱀 모양 클립이 타고 내려오는 형상이었다. 검은 뱀의 눈은 새빨갛게 충혈되어 있었다. 그래서 펜 이름이 '적과 흑'인 모양이었다. 보디 전체가 에보나이트에, 뱀 눈은 천연 루비. 아, 너무 야해. 이런 걸로 동시를 쓰시면 어떡해. 난 쥐띠인데 왜 이렇게 뱀이 좋지, 먹히고 싶은가 봐. 너 쥐띠였니. 그럼요, 오빠. 오빠는 원숭이띠죠. 나랑 궁합이 좋을 거야. 원숭이가 쥐한테 지혜를 주거든요. 그건 그렇고 우리 허자은 교수님 반전 매력이 있으시네. 옷은 넝마 같은 걸 입으면서 펜은 단종돼서 웃돈 붙은 수백만 원짜릴 쓰시고. 더 친하게 지낼걸. 연구실 밖으로 나서는 박상아의 포니테일이 소풍 가는 유치원생처럼 촐랑촐랑 흔들렸다. 아무리 그래도 죽은 사람 물건을 왜, 생각하다 픽 웃었다. 확실히 미친년이긴 한데 나보단 합리적인 년이네.

박상아가 사라지자 허기가 급박뇨처럼 몰려왔다. 자리를 지키고 있는 냉장고 문을 열었다. 썩은 사과만 변기에 던져넣고 물티슈로 대충 닦아둔 선반에선 지린내와 단내가 풍겼다. 유통기한이 지나지 않은 것이 있는지 눈으로 훑었다. 오늘 날짜가 적힌 보름달 빵 하나가 남아 있었다. 둥근 빵

한가운데 떡메를 잡은 토끼가 딸기 모양 꼬리를 흔들고 있었다. 글리세린에스테르, 소르비탄에스테르, 프로필렌글리콜에스테르. 돌림노래가 이어지는 원재료는 달의 뒷면에 숨고, 따스한 온기를 전하겠다는 토끼의 초롱한 눈망울만 앞면에서 반짝였다. 88그램에 341칼로리, 딸기잼이 4프로 남짓 들어 있는, 1976년부터 생산되었다는 빵.

개떡 대신 이 빵이 먹고 싶었다던 허자은. 봉지를 뜯고 빵을 반 갈랐다. 습자지처럼 얇은 핑크빛 크림. 아마 철난 이후론 핑크색 옷을 입어본 적이 없겠지, 돼지라고 놀림 받았을 테니까. 반쪽을 입에 쑤셔 넣자 물엿과 마가린, 인공 딸기향이 입속에서 삼위일체를 이루었다.

바지에 손을 문지른 뒤 박상아가 주고 간 시집을 열었다. 그사이로 얇은 분홍색 편지지 하나가 떨어져 내렸다.

케이크

읽고 난 편지를 주머니에 구겨 넣으며 이종수는 떡진 머리를 쥐어뜯었다. 왜 의심하지 못했을까. 박상아가 학회에서 발표했던 논문은 지나치게 진지했다. 입이 다물린 책을 다시 쳐다보았다. 책 장수가 이종수에게 대금을 청구했던 책, 기형도의 시집 『입 속의 검은 잎』 1989년 초판본. 오른쪽 귀퉁이가 학의 목처럼 접힌 페이지가 있었다. 십육 행에 검은 밑줄이 그어져 있었다. 나 못생긴 입술 가졌네.

죽은 허자은의 입술 아래 검은 사마귀는 지렁이가 먹고 있으려나. 다시 배가 고파왔다. 남은 보름달 반쪽을 씹지 않은 채 삼켰다. 칵, 사레가 걸렸다. 칵, 칵. 냉장고로 달려가 시큼한 우유를 들이부었다. 욕지기가 치밀어 올랐다. 연구실을 박차고 나갔다. 불 꺼진 화장실로 달려갔다. 변기 뚜껑을 열고 컴컴한 구멍으로 속엣것을 게워냈다. 인기척을 감지한 센서 등이 한발 늦게 켜졌다. 이종수는 변기 물속을 들여다보았다. 거꾸로 비친 반달이 물에 빠져 있었다. 레버를 내리자 달의 몸이 찢기며 무無의 세계로 빨려 들어갔다.

여름방학이 어떻게 지나갔는지 이종수의 기억은 띄엄띄엄했다. 새로 올 교수의 연구실을 싸구려 가구로 세팅해서 오십만 원을 남겼고, 일본어를 할 줄 안다는 이유로 학과 교수들의 출장—을 빙자한 여행—에 동반했으며, 박상아와 약속한 대로 술을 마셨다. 휘황한 호텔 바로 이종수를 불러낸 박상아는 잭다니엘 허니가 들어간 하이볼을 시켰다. 끝맛이 부드러워 꼭 디저트를 먹는 것 같았다. 가뜩이나 꿀이 들어간 술인데 설탕으로 프로스팅한 얼음까지 곁들여져 지나치게 달았다.

오빠, 이 술이랑 제일 잘 어울리는 안주가 뭔지 알아요. 글쎄, 치즈일까. 바보, 치즈는 와인이죠. 기다려봐요. 박상아는 손을 들어 말도 안 되게 잘생긴 남자 직원을 불렀다. 미타라시 당고 부탁드려요. 박상아의 눈웃음에 감동한 직원은 당고 네 꼬치를 내왔다, 한 꼬치는 서비스라면서. 이런 여자가 왜 이런 놈이랑, 하는 눈초리도 서비스로 덧붙였

79

다. 동그란 떡들이 꿰어진 채 누워 있고 끈적한 갈색 액체가 위를 덮고 있었다. 안주로 떡이라니 신선하네. 먹어봐요. 검은 설탕과 간장 맛이 혀 돌기를 찔렀다. 진득한 떡살이 어금니에 늘러 붙었다. 술로 입을 헹궜다. 너무 달고 짜군, 얻어먹는 처지에 할 말은 아니지만.

박상아는 듣지 못한 듯 제 할 말만 했다. 있죠, 오빠. 이 당고 이름이 왜 미타라시인 줄 아세요? 글쎄, 미타라시 연못물에서 거품 솟는 모양을 본떠 만들어서 그렇대요. 그러니까 물거품이란 거죠, 이 떡은. 로맨틱하지 않나요. 로맨틱은 개뿔. 떡에서 낭만을 찾는 너는 여름의 여왕벌. 떡을 먹으며 책을 읽던 일벌 하나를 나는 알지. 이종수의 머릿속엔 변기 속의 거품이 되어 사라진 떡집 딸이 간헐적으로 떠올랐다. 그 때문인지 그날 밤 이종수는 박상아가 원하는 것을 주지 못했다. 우윳빛 침구 속 박상아가 돌아누우며 새침하게 말했다. 오빠, 요새 살쪄서 그런 거 같은데.

뜸해진 박상아의 연락을 기다리며 허자은 교수의 노트북과 책을 제 원룸으로 옮겨놓다 보니 9월이 되었다. 공간이 부족해 풀지 못한 책 꾸러미가 방을 채웠다. 2학기 개강일은 신임 교수의 첫 출근일이기도 했다. 예상대로 곽용권의 후배 노상현이 허자은의 후임으로 임용되었다. 서글서글한 성격으로 학부 시절 몇 학번 아래인 이종수에게 쓰리쿠션

당구를 가르쳐준 적이 있었다. 국어 교사인 아내의 내조로 보따리장수 생활을 버텨냈다는 소문이었다. 이제 이종수는 그를 형 대신 교수님이라 불러야 할 처지였다.

지도교수만 세 명이라니, 기구한 운명이로고. 이거 완전 시집만 가면 남편 보내는 옹녀네, 옹녀. 첩박명 시라도 지어야 하나. 후배들은 놀리기 바빴다. 아무도 허자은 교수의 죽음에 대해 입을 조심하지 않았다. 아, 그 오빠라는 인간이 퇴직금이랑 연금 수령하러 왔다가 교무처 직원이랑 드잡이를 했다면서요, 직원 얼굴에 대고 기침을 해대면서. 어린 직원이 욕받이, 침받이 제대로 했다네요. 왜 돈이 이것밖에 안 되냐고 난리를 쳤다면서요. 내 동생이 공부를 얼마나 열심히 했는데, 그러면서. 웃기죠. 그러게요. 떡집이 제법 쏠쏠했다면서요. 그게, 그 집 가래떡에서 무슨 벌레인지 구더기인지가 나와서 예전만 못하대요. 구청에서 경고받은 뒤론 손님도 없어지고 거래처도 끊기고. 그래선지 그 오빠라는 사람 몰골이 말이 아니었대요. 뼈 위에 피부만 발라놓은 것 같았다던데. 사무실로 들어올 때 유령인 줄 알았다고. 폐암으로 다 죽어간대요. 호스피스 들어가야 된다고, 간병인 붙일 건데 퇴직금이 이것밖에 안 되냐고. 아무튼 건물 경비까지 오게 하고 생난리였대요.

평소보다 단정한 옷을 입고 학과사무실로 출근한 이종수

의 눈에 우편함이 들어왔다. 교수들의 우편물을 보관해두는 곳이었다. 학술대회 초청장이나 문화 행사 홍보물, 아직도 종이로 간행되는 학회지가 매일같이 이곳으로 모여들었다. 우편함 한 칸에 허자은의 이름이 붙어 있었다. 얼른 손을 넣어 이름이 적힌 종이를 빼냈다. 컴퓨터를 켜고 한글 파일을 열어 신임 교수의 이름을 적고 인쇄 버튼을 눌렀다. 출력된 종이를 반듯하게 자른 뒤 허자은의 이름이 있던 곳에 밀어 넣었다. 빼낸 이름표는 잠깐 망설이다 주머니에 넣었다.

그날 근무는 길었다. 신임 교수는 왕성한 호기심을 뿜내며 오 분 간격으로 학과사무실에 전화를 걸어 질문을 했다. 수강 신청 변경과 출석 기준에 대해 질문하러 오는 학생 무리도 끊이지 않았다. 저녁엔 돼지고깃집에서 환영식이 있었다. 형, 아니 신임 교수는 삼겹살을 기가 막히게 구웠다. 겉은 과자처럼 바삭하고 속은 크림같이 촉촉했다. 건배사도, 노래도, 심지어 잔 돌리기도 잘했다. 수십 년간 돼지기름에 절어 아이스링크가 된 바닥을 무릎으로 밀고 다니는 몸짓이 재바르고 우아했다. 이 교수 저 교수에게 잔을 권하고 돌려받아 비우는 노상현을 바라보는 박상아의 눈길이 집요했다.

한숨 돌린 신임 교수에게 다가간 박상아는 교수의 첫 책을 내밀었다. 지독히 안 팔려 절판된 저 책을 어떻게 구했는지 모를 일이었다. 허자은의 몽블랑 만년필을 내밀며 박상아는 말했다. 사인해주세요, 교수님. 저 이 책 읽고 대학원 진학 결심했거든요. 저한텐 인생 책이에요. 열락에 빠져드는 신임 교수의 눈빛이 펜 클럽의 뱀 눈처럼 달아올랐다. 이종수는 조소를 삼켰다. 같은 대사를 곽용권에게도 치더니. 다시 고깃집 전체를 수건돌리기 하듯 돈 신임 교수가 이종수 옆에 바투 앉았다. 빈 잔에 소맥을 말아주며 말했다.

야, 고생이 많지. 아닙니다, 교수님. 임용 축하드립니다. 미친놈, 교수님은 무슨. 사석에선 형이라고 불러. 우리 같이 스타크래프트 하던 사이 아니냐, 편하게 대해. 하늘 같은 스승님한테 어떻게 그럽니까. 넌 참 여전하네. 지금은 앞이 안 보이겠지만 곧 졸업하고 자리 잡을 거야. 이 형이 도와줄게. 이게 결국 좆 붙잡고 버티는 놈이 이기는 게임이거든, 씨발. 나도 총장 면접에서만 네 번 물먹었어. 그러느라 소주로 프로작 수십 통 삼켰지. 암튼 노하우는 오지게 쌓였으니까 형만 믿어. 말씀만으로도 감사합니다. 어차피 말씀뿐일 테니까. 속말을 삼키며 잔을 비웠다.

임용 초반의 흥분, 하늘만 봐도 웃음이 나오는 기분이 가라앉고 나면 곧 식탁 위의 두루마리 휴지처럼 나를 써대겠지. 그러곤 정기적금을 붓고, 피임을 중지하고, 골프장에서 머리를 올릴 테지. 둘째가 태어나는 대로 대출을 해서 아파트를 사고, 시간강사 시절 발이 되어주었던 경차를 폐차해버리고. 마누라와 두 아이, 골프백을 실을 수 있는 SUV를 뽑을 거야. 조수석엔 박상아를 태우고 싶겠지. 그건 그렇고, 간이 기가 막힌 소맥이었다. 이 정도면 술집에 취직해도 되겠는데. 어느새 곽용권 옆에 가 있는 신임 교수 대신 이종수는 제 손으로 소맥을 말았다. 그런 이종수를 보며 박상아가 빙긋 웃었다.

2차와 3차 사이, 학과장은 여자 대학원생들에게 택시비를 쥐어주며 보냈다. 그의 지갑에서 돈이 나오는 기념비적 순간이었다. 자자, 밤길도 위험하고 시절도 하수상하니 레이디들은 먼저 귀가하시고, 우린 맥주나 한잔 더 합시다. 그러면서 제 가방을 들고 있는 신임 교수에게 속삭였다. 이 근처 보물섬이 물이 나쁘지 않아. 결국 노래방 도우미들 엉덩이에 하이 파이브까지 하고 나서야 환영식은 끝났다.

신임 교수는 아예 곽용권 교수와 함께 택시를 탔다. 저 학과장님 댁에 가서 양주 한잔 더 하고 싶습니다. 아, 그거 좋지. 우리 마누라한테 술상 차리라고 연락 넣어놓겠네. 사모님께 실례 아닐까요. 아냐, 무슨 소리! 인물은 없어도 손맛이 좋아서 내가 데리고 사는데. 그들이 기름내와 술내를 남기고 사라진 택시 꽁무니를 향해 허리를 구십 도로 접었다.

내일 1교시 강의에 신임 교수가 지각을 할지 안 할지 가늠해보며 이종수는 비틀대는 걸음을 옮겼다. 모서리가 낡기 시작한 가방을 고쳐 매려 어깨를 들썩였다. 전등 하나를 일 년째 고치지 않아 어둑한 원룸으로 들어섰다. 책상과 식탁, 옷걸이를 겸하는 탁자 위에 허자은의 노트북이 올려져 있었다. 틈만 나면 켜서 한글 파일의 암호를 입력해보는 것이 이종수의 일과가 되었다. 음식을 해 먹지도 않는데 공기 중에 음식물 쓰레기 냄새가 풍겼다. 옆집의 티브이 소리가 희미하게 들렸다. 패널들이 손뼉을 치며 깔깔 웃었다. 양말을 벗고, 벨트를 끄르고, 시계를 푼 뒤 화장실로 들어섰다. 돼지고기가 설익은 것인지, 술을 섞어 먹은 탓인지 설사가 시작되었다.

소화 안 된 생것들이 형체 없이 풀어져 변기 안을 채웠다. 차마 들여다보지 못한 채 뚜껑을 닫고 물을 내렸다. 그 짧은 순간에 불그스름한 변기 속이 눈에 들어왔다. 얼른 고개를 돌리고 칫솔을 집었다. 체중이 불면서 배탈도 잦아졌다. 신물이 올라와서 트림을 하느라 근로학생 정하늬의 눈총을 사기도 했다. 벨트 구멍이 두 개 늘어났다. 저 정말 소화시키는 음식이 별로 없거든요. 뭐만 먹으면 가슴이 타는 듯 아파서. 허자은의 말을 떠올리며 싸근한 배와 명치를 문질렀다. 변기에 무른 것들을 쏟고 나면 도넛이 된 것처럼 속이 비었다. 뭐든 밀어 넣지 않곤 잠을 잘 수 없었다. 구 년 전 중고 가전 매장에서 산 냉장고 문을 열었다. 허자은의 오빠처럼 마른기침을 토하고 있는 냉장고였다. 느리게 조명이 켜지고 냉장고의 내부가 드러났다. 코를 뭉개는 군내가 풍겼다. 문짝의 고무 패킹엔 듬성듬성 곰팡이가 피어 있었다.

선반 중앙에 위엄 있게 들어앉은 것과 눈이 마주쳤다. 시골의 어머니가 부쳐 온 김치 통 옆에 케이크 상자 하나가 하얗게 질려 있었다. 트렁크에 함부로 실어 놓았다가 집으로 가지고 온 뒤 잊고 있던 것이었다. 얼마 전 학과사무실로 찾아온 박상아는 본인이 직접 만든 케이크라고 유세를 했다. 베이킹이 취미라며 종종 쿠키나 마카롱을 구워 수업에 가져왔던 박상아였다. 지난번 호텔에서 떡값을 못 하고 실망시킨 후 오랜만의 독대였다. 부러 뚝뚝한 얼굴로 대하는 이종수의 머리칼을 부드럽게 쥐었다 놓으며 박상아는 속삭였다. 해피 버스데이, 오빠. 나 다음 학기엔 꼭 졸업할 거예요. 오빠, 나보다 늦게 졸업하려는 건 아니죠. 신임 교수 와서 어수선한 김에 얼른 졸업해요. 그래야 사노비 신세 해방돼서 왕자님으로 변신하죠.

레이스 펀칭의 리본을 풀고 케이크 받침을 꺼냈다. 3호 사이즈의 거대한 크림 덩어리가 모습을 드러냈다. 다섯 장의 검은 시트 사이사이 딸기 수십 개가 촘촘히 박혀 있었다. 나무젓가락은 있어도 포크는 없는 원룸이었다. 케이크 앞으로 몸을 바투 당겼다. 폭격 맞은 콜로세움 같은 몸체에 입을 갖다 댔다. 약간의 들숨만으로도 상단의 크림이 빨려들어왔다. 목구멍부터 입술 사이가 다디단 액체로 가득 찼다. 간신히 모양을 유지하고 있던 케이크가 안심하고 무너져 내렸다. 시럽에 젖어 있는 시트를 함부로 움켜쥐고 입속으로 쑤셔 넣었다. 손의 움직임이 빠르고 맹렬해질수록 공복감도 지지 않고 세를 올렸다. 반판을 넘게 해치우고 나서도 뱃속의 소음이 잦아들지 않았다.

저놈의 꾸르륵 소리를 재우지 않으면, 텅 빈 목구멍을 채우지 않으면 안 될 것 같았다. 올라오는 신물을 삼켜가며 케이크 한 판을 없애버렸다. 물거품을 핥는다고 갈증이 가시지 않듯 크림을 마셔도 허기는 비키지 않았다. 텅 빈 상자를 들여다보길 몇 분쯤, 단전에서 거대한 똬리 같은 것이 꿈틀하더니 식도를 타고 솟구쳤다. 욕실로 달려가 머리를 박았다. 핑크색 크림 거품이 변기 속을 채웠다. 죽은 쥐의 살점 같은 건더기는 아까 다 쏟아내지 못한 삼겹살인 듯했다.

기름과 기름, 젖과 살, 술과 피. 변기 레버를 누르며 충혈된 눈을 깜빡여보았다. 압력으로 모세혈관이 터졌는지 눈앞이 흐렸다. 와중에도 지갑에 남은 돈을 가늠해보았다. 담배 한 갑에 컵라면, 삼각김밥 정도는 사 올 수 있을 것 같았다. 기름이 훑고 간 텅 빈 통로를 뜨거운 국물로 소독한 뒤 밥알로 채워 넣고 싶었다.

뱃속만 채워놓으면 작파해두었던 논문도 쓸 수 있을 것이다. 운이 좋으면 문 닫기 직전의 대학에라도 자리를 잡을지 모른다. 그러면 이곳에서 느꼈던 굴욕과 허기를 다 없었던 일로 할 수 있을 것이다. 없었던 일로, 나캇타코토니. 그때는 곽용권의 눈치를 보지 않고 박상아를 안을 수도 있겠지. 아름다운 박상아. 일벌에게 시혜를 베푸는 여왕벌. 그때 머릿속에서 책장 넘어가는 소리가 났다. 황급히 휴대폰을 찾아 박상아의 번호를 눌렀다.

어머, 오빠. 오빠가 어쩐 일로 전화를 다, 감읍해라. 너 생일이 언제니. 아, 이 오빠 내가 케이크 만들어준 거에 감동했구나. 뭐야, 육탄 공격엔 꼼짝 않더니 남자들 은근히 낭만에 약하다니까, 귀여워. 얼른 생일이나 말해. 내 생일 3월 6일, 허자은 교수님 돌아가신 6월 3일하고 반대라고 외우면 쉬워요. 암튼 우리 내일 한잔해요, 오빠. 이번엔 제대로 할 수 있는 거죠.

통화 종료를 누르고 탁자로 달려가 노트북 전원을 켰다. 떨리는 손이 자꾸 버튼에서 미끄러졌다. 전화벨이 계속 울렸다. 옆집에서 벽을 치는 소리가 들렸다. 화면이 켜지자마자 바탕화면 폴더의 파일을 더블클릭 했다. 서두르는 바람에 컴퓨터는 뚱한 응답 대기 상태를 유지했다. 씨팔, 흥분한 이종수가 키보드를 내리치자 양순해진 파일이 스르륵 열렸다. 예의 암호창이 떠올랐다. 입술을 깨물며 네 개의 숫자를 입력했다. 0306.

허 자 은

이
야
기

떡집

어디서부터 이야기를 시작해야 할까. 그래, 거기부터가 좋겠군. 낙원떡집 딸. 그게 가재울에서 내 이름이었어. 쌀을 맡기면 떡을 빼주고, 소주병에 참기름을 담아주고, 밥알이 둥둥 뜬 식혜를 파는 곳. 그곳이 내 부모의 일터였어. 그들은 새벽 네시부터 밤 열시까지 뼈가 삭도록 일했어. 벌이가 괜찮아진 뒤에도 돈을 모으기 위해 단칸방에 살았지. 그런 그들을 모두가 칭찬했어. 부지런한 젊은이들, 기특한 부부, 법 없이도 살 사람들.

어떤 이유로 그들이 두 남매와 함께 이 동네에 나타났는지는 아무도 알지 못했지. 성실한 이들이 대개 그렇듯 말수가 없었거든. 햅쌀을 빼돌리지 않았고, 국산 깨를 중국산

과 바꿔치기하는 법이 없었어. 정해진 시간에 문을 여닫았고, 웃음기는 없었지만 단골을 대접했지. 절편 한 팩을 검은 봉지에 넣어준다거나 갓 나온 약밥을 식칼로 썰어 건넨다거나.

나는 그 떡집의 낡은 방석 위에서 한글을 떼고 초경을 하고 수능 원서를 썼어. 세종대왕이 모나리자 같은 표정을 짓고 계시는 만 원짜리 프린트 방석 말이야. 무엄하게도 그분의 용안을 깔고 앉아 어문학부 지원서를 쓰자니 기분이 이상했지. 한글도 거기서 뗀 거니까 용서가 되려나. 알다시피 그 방석엔 만 원이란 글자가 쓰여 있어. ㅁ과 ㅏ와 ㄴ, ㅇ과 ㅜ와 ㅓ와 ㄴ. 난 그걸 보면서 자모의 결합 원리를 깨쳤어. 거짓말이 아니야. 영어도 그런 식으로 깨우쳤지.

모종의 이유로 난 화장실 변기 위에 앉아 있는 시간이 긴 편이었어. 이유는 차차 이야기해줄게. 선반의 샴푸를 바라보며 시간을 죽였지. 슈슈 샴푸. 네 살 많은 오빠가 그걸 슈슈라고 부르는 걸 들었어. 변기통 위에서 샴푸 통을 뚫어져라 들여다보았지. C와 H와 O와 U. 그것들이 왜 슈슈가 될까. 씨, 에이치, 오, 유, 씨, 에이치, 오, 유. 천천히 발음해보았어. 씨에이치오유와 슈 사이엔 관련이 없어 보였어. 실망한 나는 철자들을 내팽개치듯 빠르게 읊조렸지. 씨체오유, 씨체유, 쎄유, 쓔, 슈. 아, 슈. 그래서 슈였던 거야. 슈가 된 거야. 슈가 될 수밖에 없었던 거야. 난 그때부터 그 단어와 사랑에 빠졌어. 우리 집엔 영어사전 같은 건 없었으니까 단어의 뜻도 모르면서 말이야.

거창하게 말하자면 언어의 세계와 사랑에 빠진 거지. 그래, 알아. 언어는 돼먹잖은 허상, 쓸데없는 기호일 뿐이라는 거. 참기름이란 글자에선 고소한 냄새가 나지 않고, 가래떡이란 이름에선 젖빛 김이 피어오르지 않아. 부부를 배불려주지 않고, 자식들의 학원비로 변신하지도 않지. 다시 한번 말하지만, 난 그래서 단어들이 좋았어. 그 무력함이. 그 무용함이.

우리 땐 5학년부터 학교에서 영어를 배웠어. 4학년 2학기가 되자 엄마가 아빠 몰래 시장 건너 도로변의 영어학원을 보내줬어. 가슴털과 구레나룻이 노르스름한 미국인이 있는 곳이었지. 원어민 교사가 있는 학원이라니, 우리 형편엔 과한 곳이었어. 나 빼곤 애들 얼굴이 형광등 불빛처럼 환했어. 바지를 입은 여자애는 나밖에 없었어. 제리라는 선생은 나도 영어 이름이 있어야 한다고 했어.

엉겁결에 내 영어 이름은 슈, 슈라고 했어. 씨에이치오유, Chou. 뭐라고 말하려다 입을 다문 그는—아마 비슷한 발음의 Shoo가 '저리 가'라는 뜻이라고 말해주려 했겠지—학생 카드에 Chou라고 적어 넣었지. 장식 리본 혹은 슈크림을 뜻하는 그 단어. 나와는 어울리지 않는 이름이었어. 어쩌면 Shoo가 더 어울렸을지도.

아무튼 그날부터 초급 영어를 배웠어. 하우 아 유. 아임 파인 땡큐 앤 유, 아임 어 스튜던트, 유 아 쏘 뷰티풀. 음악처럼 아름다운 문장들을 통째로 씹어 먹었어. 먹어도 먹어도 배가 고팠어. 더 많은 언어, 더 많은 언어를 먹어치우고 싶었어. 언젠가는 나도 그런 문장을 만들어내고 싶었어. 하지만 난 파인하지 않았고 뷰티풀하지 않았어. 벨벳 머리띠를 끼고 하얀 타이즈를 신은 토끼 같은 계집애들이 날 놀렸어. 떡집 딸이라고, 머리를 빗지 않았다고, 팔꿈치가 까맣다고, 종아리가 굵다고, 쟤 뚱뚱하고 쟤네 오빠는 유령처럼 말랐다고, 오빠 밥을 훔쳐 먹는 게 확실하다고.

그래, 난 뚱뚱했어. 어쩔 수 없었지. 내가 떡을 먹지 않으면 우리 엄마가 밥을 지어야 하잖아. 너덜너덜한 팔뚝으로 떡을 뽑던 불쌍한 엄마. 밥과 김치만 먹는데도 계속 살이 쪄서 언제부턴가 브래지어를 할 수 없던 엄마. 한여름에도 거대한 유두를 감추려 조끼를 입던 엄마. 검은 꽃판에 돌기가 우툴두툴하던 여자. 그녀가 쌀까지 씻게 할 순 없었어. 팔고 남은 떡을 처리해서 부모의 번거로움과 쓰레기 처리 비용을 절감하는 효녀 노릇을 하기로 했어. 자발적 쓰레기통이 된 거지. 식은 떡은 아무리 먹어도 배가 안 찼어. 커서 알았지. 그런 음식을 압축 탄수라 부른다며.

알게 뭐야. 그때 난 압축적으로 효녀 노릇을 하는 중이었어. 떡도 잘 먹고 공부도 잘하는 딸. 참기름병처럼 방앗간 구석에 놓여 숙제를 하는 아이. 제일 비싼 구름떡을 대놓고 먹는 김 의원네 아들보다, 명절이면 선물용 떡을 수십 상자 주문하는 최 사장네 딸보다 똑똑한 딸. 네 살 때 가래떡 기계 사용 설명서를 줄줄 읽는 것을 보고 엄만 날 서울대생으로 만들겠다고 마음먹었대. 서울대가 어디 있는지도 모르면서. 아무튼 난 착한 딸 역할에 몰입했어. 그냥 떡 먹으면서 공부만 하면 되니 누워서 떡 먹기, 아니 앉아서 떡 먹기였지. 어른들의 칭찬까지 받을 수 있으니 남는 장사였어.

영어학원을 가는 금요일은 전날 밤부터 설렜어. 그렇게 좋았냐고? 좋기만 했던 건 아냐. 세상일이 다 그렇지, 뭐. 어른들은 날 대견해했지만 애들의 괴롭힘은 점점 심해졌지. 알잖아, 애들은 솔직해서 잔인하다는 거. 그런데 왜 학원가는 게 설렜냐고? 아흔아홉 가지가 너절해도 하나가 반짝이면 다 빛나는 거야.

라이크어학원엔 반짝이는 게 하나 있었어. 애들이 날 놀릴 때마다 눈살을 찌푸리던 아이. 불결한 건 내가 아니라 그 아이들이라는 듯 말이야. 『작은 아씨들』이란 소설에서 장녀 마가렛이 그러더라? 숙녀는 언짢을 때 눈살을 찌푸린

다고. 도도한 눈빛, 흑임자 빛깔의 머리카락, 백설기처럼 하
얀 얼굴. 짱구 이마에 뒤통수가 동그래서 꼭 경단 같은 머
리통 아래 가래떡처럼 길쭉한 팔다리를 가진 아이였어. 소
처럼 큰 눈이 느리게 깜빡일 때마다 속눈썹이 뺨 위로 그림
자를 만들었어. 그게 그 아이를 다 큰 숙녀처럼 보이게 했
지. 걔 주변에만 시간이 느리게 흐르는 것 같았어.

종이 인형을 가위로 오린 다음 이런저런 옷을 입혀보는
놀이 알아? 그 아이를 보고 있으면 그게 하고 싶어졌어. 걔
네 엄마가 얼마나 부러웠는지 몰라. 예쁜 옷을 실컷 입혀볼
수 있을 테니까. 나도 그렇게 생겼다면 우리 엄마도 떡 판
돈으로 머리핀을 사 모았으려나. 라이크어학원에선 수업
시작 전 서른 개씩 단어 시험을 봤어. 나와 그 아이는 예외
없이 만점을 받았지.

어느 날 걔가 말을 걸었어. 다디단 목소리였어. 너어, 오
늘 학원 끝나고 우리 집에 놀러 올래? 방 세 개가 있는 아파
트였는데 걔가 당당하게 하나를 차지하고 있었지. 방문 앞
에는 노크하라는 팻말이 걸려 있었어. 아, 그 애는 진짜 숙
녀, 그러니까 사생활이 있는 숙녀였던 거야. 하얀 모기장
같은 게 달린—지금은 그게 캐노피라는 걸 알아—침대와
세트인 책장이 있었어. 믿을 수 없었지. 책등의 색깔과 높
이별로 정리된 책들이 그 아이의 치열처럼 고르게 꽂혀 있

었어. 기억날지 모르겠네. 강의 시간에 내가 종종 이야기했는데. 한 인간을 알려면 그의 서가를 봐야 한다고.

나는 그날 그 아이의 머릿속을 보았어. 책이라곤 토끼 키우는 법—시골 살 때 아빠가 토끼를 쳐보려고 했었거든—과 오빠 서랍 속의 야한 잡지밖에 없는 우리 집이 부끄러워졌어. 4학년이 읽기엔 과한 책들이었는데 딱 한 권만 어린이용이었어. 말놀이 동시집. 의아하게 쳐다보는 내게 갠 프릴 달린 어깨를 으쓱하며 말했어. 그거 우리 엄마가 쓴 거라서.

초인종이 울렸어. 즐거운 나의 집에서는 날 오라 하여도, 내 쉴 곳은 작은 집 내 집뿐이리, 내 나라 내 기쁨 길이 쉴 곳도, 꽃 피고 새 우는 집 내 집뿐이리. 엄마 오셨나 보다, 나가서 인사드리자. 아이는 보풀이 인 내 소맷부리를 잡아끌었어. 갈색 빵 봉투를 든 여자가 현관에 들어섰어. 부끄러워서 바닥만 보고 인사를 했어. 발꿈치가 없는데 굽은 높은 신발 속에서—그런 걸 뮬이라고 부른다는 건 한참 뒤에 알았어—맨발 두 개가 차례로 나왔어. 열 개의 앙증맞은 발톱에 와인색 매니큐어가 칠해져 있었지. 엄마가 떡집에서 신는 시퍼런 고무 신발이 떠올랐어. 그 속에 든 거북 등처럼 갈라진 발꿈치. 겨울이면 그 사이에 고여들던 검붉은 피도.

친구가 온다고 얘길 했어야지, 집 청소도 못 했잖아. 내용은 타박인데 밀어처럼 달콤했어. 목소리 때문이었겠지. 엄마, 영어학원에서 얘 이름이 슈야, 슈. 예쁜 이름이구나, 슈. 우리 제니랑 친하게 지내렴. 빈정거림은 조금도 깃들어 있지 않았어. 그날 난 내 몸집에 대해 말하지 않는 어른을 처음 보았어. 누르면 거품이 나오는 비누—처음 보는 것이었어, 당연히—로 손을 씻은 여자가 우리를 식탁에 불러 앉혔어.

우리만을 위한 테이블보가 깔려 있었어. 피터 래빗과 친구들이 평화롭게 당근을 먹고 있었지. 어느새 토끼 꼬리 같은 털 슬리퍼 속에 발을 감춘 여자는 두 개의 접시에—개인 접시라니, 처음 받아보는 대접이었어—빵을 나눠 담았어. 그러더니 발레리나처럼 몸을 돌려 하얀 냉장고를 열었어. 낭비라곤 없는 간결하면서도 우아한 동작이었지. 서울우유 생크림이라고 적힌 종이팩을 종지 두 개에 가득 따랐어. 급식 때 먹던 우유와 닮았지만 훨씬 끈적해 보이는 수상한 액체였어.

접시를 받아든 나는 혼란에 빠졌지. 빵 밑에 붙은 하얀 종이는 어떻게 처리해야 하는지, 저 정체불명의 액체는 어떻게 마셔야 하는지 짐작할 수 없었어. 먹을 수 있는 종이인 걸까, 우유처럼 벌컥벌컥 들이켜면 되는 걸까, 머리가 복잡해진 나는 친구를 바라보았어. 슈, 이건 카스텔라라는 거야. 그 아인 조심스럽게 종이를 떼어낸 뒤 빵 아래 붙은 우박 설탕부터 씹어 먹었어. 제니, 그렇게 먹지 말랬지. 못 말린다는 듯 여자가 눈을 흘겼어. 친구는 남은 빵 조각을 종지에 담았다 입으로 가져갔어. 슈, 이렇게 찍어 먹어봐.

그 아이 입속에서 사라지는 빵이 보였어. 씹지도 않았는데, 마술 같았지. 난 온 힘을 다해 씹어야 하는 음식을 먹어왔어. 뻣뻣해진 가래떡, 쉬기 직전의 곤드레밥, 딱딱해진 콩자반, 고추장에 박힌 대멸치, 군내 나는 김장 김치. 순식간에 그 아이 몫의 빵과 크림이 다 사라졌어. 입가가 하얗게 변한 친구가 뾰족한 혀로 윗입술을 핥았어. 고양이처럼 앙큼한 동작이었지. 그걸 보고 미소 짓던 여자가 식탁 옆으로 다가왔어. 난 긴장해서 숨을 멈췄어. 그런데도 콧구멍 안으로 비누 냄새와 꽃향기가 섞여 들어왔어. 여자는 검지에 만 흰 손수건으로 친구의 입술에 남은 크림을 닦아주었지. 친구가 배시시 웃으며 말했어. 엄마, 더 줘.

나도 그 손길을 받아보고 싶었어. 그 아이의 행동을 복사하듯 따라 했지. 똑같은 몸짓으로 종이를 떼고, 똑같은 속도로 카스텔라를 베어 먹고, 똑같은 강도로 크림을 찍었어. 보드라운 빵의 속살과 더 보드라운 크림이 뭉개지며 뒤엉키던 오묘한 느낌. 축축하고 뭉클한 것이 목구멍을 타고 내 안으로 미끄러져갈 때의 감각. 물론 여자는 내 입을 닦아주지 않았어. 배가 고팠나보구나, 카스텔라 더 주런, 했을 뿐이지. 안 먹던 걸 먹어서 그런지 배탈이 났어. 부끄러워서 수전을 틀어놓고 설사를 했어. 그 와중에도 수도비가 아깝다는 생각을 했지. 아, 지금도 기억나. 그 집 화장실 타일의 눈금은 생크림처럼 하얬어. 무릎을 꿇고 혀로 핥을 수도 있을 만큼. 안녕히 계세요, 하며 현관문을 나서는 내게 동시집을 건네며 여자가 말했어. 또 놀러 오렴, 슈. 하지만 그런 일은 일어나지 않았어. 그 애는 얼마 안 가 이사를 갔거든. 아버지가 다른 도시로 임관됐다나 봐.

  그날 저녁엔 어쩐 일로 집에 있던 엄마가 밥상을 차렸어. 접어뒀던 소반을 펴고 수저를 놓았어. 눈앞에서 엄마가 강된장에 풋고추를 찍어 먹는데, 웃기지. 갑자기 입맛이 떨어졌어. 혓바닥이란 꽤 간사한가 봐. 밥알을 아무리 씹어도 도통 목구멍으로 넘어가질 않는 거야. 잇새에서 뱅뱅 돌기만 했지. 배는 크림 때문인지 꾸르륵거렸고. 잘 먹었습니다. 명치를 문지르며 화장실에 들어가는 내 등에 대고 엄마가 소리쳤어. 입맛 없으면 떡 먹어, 배가 차야 공부를 하지. 네, 하고 들어서는데 코를 찌르는 지린내가 풍겼어. 타일에 끼어 있는 분홍색 물때와 검은 곰팡이를 보자 신물이 솟았지. 와중에도 엄마한테 혼날까 봐 변기로 얼굴을 가져갔어. 고추와 강된장, 김치와 쌀밥을 역순으로 토했어. 그 아이 집

102

에서 먹은 것들은 흡수됐는지 나오지 않았어.

그날 나는 결심했어. 앞으로는 부드럽고 달콤한 것이 나를 이루게 할 거라고. 생크림을 볼 때마다 그날의 모든 순간이 슬로모션으로 떠올라. 장면 하나하나를 수백수천 컷으로 잘게 쪼개 분석하고 음미하고 학습했거든. 이십여 년간, 탐욕스럽게. 지금도 카스텔라를 먹을 땐 내가 어린 제니라고 생각해. 빵을 가르고 크림을 묻히고 혀에 올리고 윗입술을 핥아, 그러고는 하얀 손수건을 꺼내 스스로 입가를 닦아주며 말하지. 엄마, 더 줘.

구멍

결심은 결심일 뿐, 여전히 난 식은 떡을 먹어야 하는 떡집 딸이었지. 하굣길엔 최대한 골목길을 빙빙 돌며 시간을 끌다 떡집으로 들어갔어. 영어학원을 가는 금요일을 빼곤. 거기서 숙제를 하다 엄마가 오빠 저녁을 차려주라고 쫓아내면 그제야 집에 가서 쌀을 안쳤어. 난 그때 4학년이었는데 말이야. 왜 바로 집으로 가지 않았냐고? 거긴 오빠가 있었거든. 중학생인데도 오빤 나보다 일찍 집에 왔어. 슈퍼마리오 게임을 하고 있었지. 파란 멜빵바지를 입은 마리오가 공주를 구해 오는 그 게임 말이야. 입에서 늘 쌕쌕 소리를 내던 우리 오빠. 오빠는 체육을 할 수 없었어. 공부도 하는 둥 마는 둥 했지. 하지만 학교는 무난하게 다녔어. 왜 아니겠어. 내 준비물보다 오빠 걸 먼저 챙겼고 내 교복보다 오빠 교복을 먼저 다렸으니까.

오빠 숙제를 과목별로 다 하느라 선행학습이 절로 됐어. 그 시절 숙제는 혹심하게 많았거든. 방학이 절정이었지. 탐구 생활과 두 달 치 일기 쓰기까지 하고 나면 중지에 굳은살이 생겼어. 혹시 알아. 그 덕에 내가 공부를 잘하게 된 건지도. 아무튼 살아 있다는 것만으로도 엄마는 그를 사랑했어. 난 아직도 궁금해. 엄마는 오빠에 대해서 얼마큼 알고 있었을까. 엄마가 집에 오면 오빤 대개 자고 있었어. 엄마가 출근할 때도 마찬가지였지. 깨어 있을 때의 오빠를 엄마는 몰라.

사실 그쪽은 내가 전문가라고 할 수 있어. 오빠와 난 서로를 진지하게 연구했거든. 바가지에 쌀을 씻고 꽝꽝 언 후지의 핏물을 빼고 있으면 게임을 하던 오빠가 칵, 칵, 기침하는 소리가 들렸어. 가래가 심해지면 화장실로 달려가 뱉아내곤 했지. 우리 집 남자들은 화장실 문을 닫는 법이 없었어. 양치를 할 때도, 볼일을 볼 때도, 발가락 사이를 씻을 때도 활짝 열어두었지. 세면대에 물을 흘려보내며 오빠가 날 불렀어.

계란찜이 뱃살처럼 부풀어 오르고 있던 뚝배기 불을 끄고 화장실로 갔어. 빨갛게 충혈된 눈으로 오빠가 변기를 바라보았어. 난 오래전 뚜껑이 깨진 변기에 주저앉았지. 예나 지금이나 난 포기가 빨랐어. 멈칫거려 봤자 시간만 끄니까. 가짜 아디다스 추리닝 차림의 오빠가 내 앞에 무릎을 꿇었어. 지금도 영화 속 남자들이 무릎을 꿇고 반지를 내미는 장면을 볼 때마다 눈을 돌려. 그러고는 뭐, 상상하는 대로야.

내 자줏빛 코르덴바지와 곰돌이 팬티가 까만 때가 낀 복숭아뼈에 걸렸어. 오빠 소심했지만 상상력이 풍부했어. 자신과 다른 구멍이 있는 신체를 앞두고 그의 지적 호기심은 충만했지. 우물에 돌을 던지는 아이처럼, 도넛의 가운데를 채우려는 사람처럼. 한 개, 두 개, 세 개. 처음엔 손가락으로 시작했지만 레퍼토리가 점점 다양해졌어. 수학 문제를 풀던 연필, 방문판매 아줌마가 주고 간 샘플 스킨 통, 흰 닭똥이 붙어 있는 달걀. 최악이 뭐였냐고? 한번 맞춰봐.

저런, 문제가 어렵나 보구나. 하긴 평생 그런 건 생각해본 적이 없겠지. 당연한 거야. 부끄러워 마. 내가 정답을 알려줄게. 냉장고에 있던 굳은 가래떡. 정말이지 더럽게 차갑고 딱딱하고 길었어. 웃기지, 가래떡은 기계에서 뽑으려고 있는 거잖아. 누이한테 넣으려고 있는 게 아니고 말이야. 아, 그걸 넣을 땐 오빠가 웃으며 말했어. 야, 너 꼭 떡 뽑는 기계 같다. 그 와중에 나는 생각했어. 떡이 들어가는 기계라고 표현하는 게 맞지 않나, 하고. 뼛속부터 국문학도였나 봐.

위아래로 떡이 들어가는 기계, 그게 나였지. 어젯밤 남의 논문을 읽으며 내 논문을 쓰다가 그런 생각이 들었어. 떡이 글자로 바뀐 것뿐이라는. 남들이 못 보는 곳에서 남들이 관심 없는 걸 몸으로 집어넣었다가 다시 토해내는 거. 그게 내 운명이었나 봐. 식은 떡, 반려된 논문, 구멍이 뚫린 몸, 채워지지 않는 인간.

뭘 넣어봐도 오빠는 만족스럽지가 않았던 것 같아. 난 어땠냐고? 글쎄, 기분은 기억나질 않아. 형상은 또렷한데 감정은 사라진 거야. 그때 난 슈슈 샴푸 통이 있는 자리로 이동해 변기 위의 나를 바라보고 있었거든. 입고 있던 스웨터, 오빠의 얇은 귓불, 수전의 물때, 알뜨랑 비누 위의 초록 이태리타월은 기억이 나는데 기분은 당최 떠오르질 않는 거야. 대신 배가 고팠다는 기억은 또렷해.

무지하게 배가 고팠어. 지금쯤 밥이 다 됐을 텐데, 밥솥에서 하얀 증기가 뿜어지고 있을 텐데, 계란찜은 푹 꺼졌겠다, 칼칼하게 고춧가루를 뿌려서 먹어야지, 가방 속의 죠리퐁은 숨겨뒀다 우유에 말아 마시자, 초코우유가 되면 엄청 맛있으니까, 그러려고 급식 우유도 안 먹고 가져왔으니까. 다음 날이나 다다음 날 먹을 계획까지 짜다 보면 오빠가 손을 씻고 있었어. 밥을 먹기 전엔 꼭 비누로 손을 씻었지. 기왕이면 내 몸에 넣기 전에도 그랬으면 좋았을 텐데 말이야.

아, 지금쯤 놀란 네 얼굴이 상상돼. 생각이 마구 달려 나갈 거야. 내 구멍에 대한 오빠의 탐구가 다른 형태와 방법으로 번져갔을 거라고. 그런데 어쩌지. 그런 일은 없었어. 오빤 내 몸에 자기 몸을 갖다 대지 않았어. 그는 내 몸을 혐오했거든, 자기 몸을 혐오하는 만큼이나. 그래서 집요하게 외부의 대상으로만 구멍을 메워보려 했던 것 같아. 접촉은 최소화한 채.

내게 무언가 옮을까 두려워서 그랬을까. 아님 내게 무언가가 옮겨갈까 두려워서 그랬을까. 오빠가 왜 하수구 냄새가 올라오는 화장실에서만 그랬는지 모르겠어. 우린 단칸방을 떠나게 될 때까지 같이 잤는데 말이야. 이불 안에서 연구했어도 엄마 아빤 몰랐을 텐데. 그들은 밤이면 시체처럼 곯아 떨어졌으니까. 가래떡을 뽑아 돈과 바꾸느라 바빴으니까. 그 돈으로 내 책과 연필과 기나긴 가방끈을 샀으니까.

그 이후로 내가 나한테 해온 일들도 비슷해. 계속 내 구멍과 허기에 대해 연구했지. 일종의 헝거 아티스트랄까. 처음엔 바깥의 음식으로 내 허기를 채워보려 했어. 아무리 넣어봐도 꽉 차진 않더라. 그런데도 몸은 부풀어만 갔어. 억울했지. 그래서 또 한번 떡 뽑는 기계가 되어보기로 했어. 변기 위에서 내 목구멍 안에 손가락을 넣어봤어. 한 개, 두 개, 세 개, 네 개. 아랫배에 있던 것이 거슬러 올라와 한바탕 쏟아지고 눈물과 침으로 온 얼굴이 범벅될 때 정화되는 느낌을 받았어.

카타르시스. 아니, 육체적인 거니까 오르가슴이라 해야 할까. 뜨거운 물줄기에 깨끗이 씻겨나가는 느낌이었지. 게다가 몸에 왕창 처넣은 걸 도로 빼내서 무無로 만들 수 있다니 얼마나 놀라워. 오병이어의 기적을 거꾸로 실현하는 것 같았지. 이렇게만 하면 허기에 대한 연구를 계속하면서도 살이 찌지 않을 수 있을 것 같았어. 내 발상의 천재성에 박수를 치고 싶었어. 아뿔싸, 내가 계산하지 못한 게 있었어. 구멍을 비우고 나면 더 맹렬한 허기가 찾아온다는 거, 구멍 자체가 허기를 학습한다는 거, 더 압도적인 허기만이 나를 지배하게 한다는 거.

아, 궁금한 게 있겠구나. 오빠랑 아직도 그러냐고. 아냐, 우리 오빠 허자곤. 이름처럼 늘 피곤하고 나른한 남자. 그는 지금 다 죽어가는걸. 걸어 다니는 시체지. 내가 걸어 다니는 추문인 것처럼. 어린 시절의 연구는 대개 그렇듯 잠깐이었어. 중학교에 들어가서 초경을 시작할 무렵 끝났지. 오빠는 피 냄새를 못 견뎠거든. 비린내가 난다고 코를 싸쥐었어.

게다가 더 이상의 탐구 도구들을 거부할 만큼 내 몸이 불어갔어. 허벅지가 붙어서 가래떡 한 줄도 밀어 넣기 힘들어졌지. 오빠는 서서히 지적 호기심을 잃어갔어. 대신 마작 게임에 몰두하기 시작했지. 지갑을 열 때마다 손을 떠는 엄마가 적금을 깨서 사준 컴퓨터였어. 처음에 오빠가 왜 한자가득한 짝패들을 맞추며 칵, 칵, 흥분하는지 몰랐어. 알고보니 판을 깰 때마다 화면 속 여자가 옷을 하나씩 벗더라고. 다행이라고? 글쎄, 그걸 다행이라고 해야 하나.

중학교 생활도 연구로 점철됐지. 급식을 먹고 나면 화장실로 달려가 변기를 부여잡았어. 신경 쓰는 애들은 없었어. 쉬는 시간에 나랑 노는 친구는 없었으니까. 어릴 때처럼 놀림을 당하진 않았어. 전교 일등이란 숫자는 고도비만에 도달한 체중계 눈금만큼 힘이 셌거든. 물론 학교니까 가능한 일이었지. 나 같은 인간을 받아주는 데는 학교밖에 없더라고. 아, 물론 지금 내가 근무하는 학교는 말고. 여기선 내 몸무게가 학과 교수들과 학생들을 단합시키는 요긴한 화제잖아. 날씨나 주가나 정치 뉴스 같은 것 말이야. 이야기가 샜네. 강의할 때도 늘 이런 식이었지. 본론으로 돌아갈게. 이 무렵 내 연구에 중요한 변곡점이 있었으니까.

바로 방법론적 도구 없는 연구가 가능해졌다는 거야. 무슨 말이냐고? 언제부턴가 구토에 손가락이 필요 없어졌어. 초반엔 칫솔이며 비닐장갑까지 동원해야 했는데, 연구를 꾸준히 하다 보니 식도 괄약근이 느슨해졌어. 아랫배에 힘을 주면 명치가 용틀임하며 시래깃국과 고등어 토막이 튀어나왔어. 구토를 한 뒤 변기를 닦고 교복을 추스르는 데 오분도 걸리지 않았지. 아아, 좋은 학생이었던 난 더 이상 오빠의 가르침 없이도 내 구멍을 탐구하기 시작한 거야. 구멍의 위치는 달랐지만.

떡으로도 하냐고? 아니. 난 더 이상 떡은 먹지 않아, 특히 가래떡. 토할 때 잘 나오지가 않거든. 저 바닥까지 가라앉아서 올라오질 않아. 크림빵은 반대지. 허리만 살짝 틀어도 쏟아져 나와. 심지어 토할 때도 달콤하지. 제니의 집에서 난생처음 먹었던 그 생크림처럼. 혀를 마비시킬 듯이 달고 가벼운 크림이 좋아. 들러붙지 않고 녹는 부피 없는 빵피도. 나도 그렇게 사라지고 싶어. 녹아버리고 싶어. 물거품이 되어서 변기 속으로 빨려 들어가고 싶어.

공주

수능을 보고 두 달 뒤에 난생처음 헬스장이란 곳에 갔어. 대학 합격증에 기분이 좋아진 엄마가 거금을 투자한 거야. 대학만 가면 살 빠진다는 게 거짓말이란 건 우리 엄마도 알았던 거지. 호랑이 관장님의 특훈 덕에 5킬로그램이 빠졌지만 한강에서 물 한 바가지 퍼낸 정도였어. 땀복을 입고 러닝머신을 뛰어도 체중계 눈금이 더는 꿈쩍도 안 했어. 이상했지, 공부는 하면 점수가 오르는데 운동은 해도 숫자가 안 바뀌는 게. 부도덕하고 정직하질 못했어. 난 그런 종목에 약해.

결국 관장님도 날 포기했어. 자기가 스콰트 가르치는 데 실패한 유일한 회원이라고 말하면서. 그의 얼굴은 슬퍼 보였어. 영광인가. 아무튼 헬스장에 발을 끊자마자 5킬로그램은 돌아왔어, 곱빼기까지 얹어서. 얼마나 잽싼지 아, 이래서 요 요라고 하는구나, 고개를 주억거렸다니까. 그쯤 되자 과묵 하던 아빠도 걱정이 되는 눈치였어. 소파 위에 누워 발가락 사이의 때를 후비던 아빠가 밥상 위에 수저를 놓는 내 뒤태 에 놀라 말했지. 그래 가지고 남자나 사귀겠나.

공부 잘하는 여고생이 아니라 예쁜 여대생이 되어야 한 단 숙제가 새로 생겼어. 스무 살의 2월 28일까진 악행이던 연애가 3월 2일부턴 매력과 유능의 증거가 되었어. 젠장, 오지선다를 잘 골라내는 것만으론 착한 딸이 못 되게 생긴 거야. 동네 입구에 내 이름이 적힌 플래카드가 걸렸어. 길 을 걷고 있으면 사람들이 말을 걸었어. 아유, 장해라. 이제 살만 빼면 되겠어.

그때 오빠는 군대에 있었어. 모은 월급을 내게 부쳐줬지. 난 그 돈으로 빅 사이즈 원피스를 사 입었어. 난생처음 입 어보는 치마 차림으로 4월 첫 엠티를 갔어. 맙소사. 치마를 입은 아이는 나밖에 없었어. 게스나 리바이스 청바지를 입 은 여자애들 사이에서 난 허둥지둥 치맛자락을 감싸 쥐었 지. 처음 마셔보는 소주는 차고 달았어. 안주를 토하러 화 장실로 가던 길에 복학생 선배들의 대화를 엿듣게 되었지.

너 걔 봤냐, 코끼리에 치마 입혀놓은 줄. 부끄럽지도 않나 봐. 넌 신입생 중에 누가 제일 꼴리냐. 그 대구에서 온 애, 사투리가 귀엽던데. 오빠야, 해보라고 시키니까 튕기더라고. 그럼 넌 대구로 해, 난 제주도로 할게. 제일 예쁜 건 개 잖아, 목동 사는 애. 아, 예나? 공대까지 소문나서 구경 온다며. 별명이 단무지래. 단아 무드 지성. 아, 걘 안 돼. 그치, 걘 어림없지. 개네 아버지가 우리 학교 국문과 도용환 교순데. 난 침을 꿀꺽 삼켰어. 몰랐던 사실이었거든.

그러고 보니 국문과 교수 한 명의 성이 그 아이와 같았어. 희성稀姓이었지, 그 아이는. 복학생들은 아쉽다는 듯 킬킬 웃었어. 게다가 이미 도장 찍혔어, 주인 있다고. 벌써? 빠르다, 4월인데. 누구야. 대형 강의 옆자리에 앉은 의대생. 와, 약았네, 인문대 남자 같은 건 싫다 이거지. 무슨 강원데? 생명의 이해. 미친, 의대생이 그거 듣는 건 반칙이지. 예과 2학년인데 스포츠카 몰고 다닌대.

아, 씨발 슬프네. 기분 더러운데 우리 게임할래. 무슨 게임? 왕 게임 해서 지는 애가 그 뚱보 전화번호 따 오는 걸로 하자. 미쳤냐, 오해하고 들러붙으면 어쩌려고. 그럼 육보시 한번 하는 거지 뭐. 걔가 평생 곤봉 맛 한번 보겠냐. 처녀 귀신 되면 불쌍하니 살신성인해. 이게 은근히 살찐 애랑 하는 맛이 있다니까, 물침대 같은 느낌. 하긴 너무 마른 애들은 박을 때 아프더라.

놀랐어? 난 아냐. 익숙한 일이었으니까. 물론 여중, 여고 때 들은 말보단 원색적이었지만 괜찮았어. 내게 유일한 장점이 있다면 그건 내구성이야. 견디는 능력이 있는 편이지. 게다가 그 대화에서 내가 주목한 부분은 따로 있었어. 목동 사는 애. 그 애에 대한 정보를 얻게 된 거야. 3월 2일 입학식 날부터 그 앤 눈에 띄었어. 무지개색으로 염색해도 모범생 티가 줄줄 나는 여드름투성이 애들 사이에서 그 앤 독보적으로 아름다웠어. 예일대 연구년 중에 태어난 딸에게 아버지가 지어줬다는 이름처럼, 걔는 얼마나 어여쁜지 몰랐어.

꽃술 예蘂, 어찌 나那. 어찌나 꽃다운지. 내정에 내리쬐는 햇볕을 받으며 그 아이가 복학생들과 우유 팩을 차는 모습을 보면 까르륵 까르륵 소리가 들리는 듯했어. 숏 하나하나가 당시 유행하던 대학 청춘물의 한 장면 같았지. 그 학교엔 아직 운동권 문화가 쥐방울만큼 남아 있던 시기였지만 그래서 그 아이의 긴 생머리와 미니스커트가 부르주아라 욕하는 선배들도 있었지만 글쎄, 내 생각은 달라. 젊음과 아름다움만큼 더 강렬한 시위가 어디 있겠어.

포니테일로 묶은 머리에 폴로 티셔츠를 입은 그 애 손톱엔 투명 매니큐어가 발려 있었고, 페라가모 리본이 달린 지갑 속에 스타벅스 카드를 가지고 있었어. 난 거기서 뭘 어떻게 주문해야 하는지도 몰랐는데 말이야. 이 대목에서 넌 날 비난할 것 같네. 또 껍데기에 매혹됐냐고, 껍데기 때문에 놀림을 당하면서도 같은 어리석음을 드러내냐고. 부정하진 않을게. 다들 미가 껍질의 문제라고 냉소하지만 글쎄, 사실 그 한 꺼풀의 껍질이 치명적이잖아. 껍데기란, 뭐랄까. 군인으로 치면 최전방의 보병 같은 거라고. 시각적 경탄이, 관능적 인지가, 촉각적 욕망이 시작되고 불붙는 곳. 심지어 그 앤 껍데기뿐이 아니었어. 껍질의 매끄러움만큼 날 사로잡았던 건 알맹이의 충실함이었다고 하면 구차한 변명이 되려나. 아무튼 그 앤 길거리에 널린 예쁘기만 한 그런 애가 아니었어. 들어봐.

그 앤 신입생 자기소개 때 장래희망이 교수라고 이야기했어. 세상에, 난 단 한 번도 그런 말을 해본 적이 없었어. 십이 년 내내 장래희망란에 교사라고 적어냈어. 학교는 지겨웠지만 아는 직업이 그것밖에 없었어, 떡집 주인 말고는. 교수라니. 어떻게 감히 스무 살짜리가 장래희망이 교수라고 말할 수 있지. 그런데 아이의 입에서 나온 순간 그 단어는 자연스러워 보였어. 언젠간 정말로 교수가 될 것만 같았지. 맞춤 정장 투피스를 입고 학생들의 동경 어린 눈빛을 받으며 문학이란 무엇인가 판서하는 그런 교수 말이야. 그 순간 난 그 아이에게 매혹되고 말았어.

2학년이 되자 전공을 골라야 했어. 어문학부 안에서니까 다들 영문과를 가려고 했지. 물론 그 아이는 자기 아버지가 있는 국문과를 지원했어. 모두가 예상했던 대로였지. 퉁명스럽기로 유명한 국문과 조교도 걔한텐 친절했고, 고학년이 타던 우수 리포트상이며 대학 문학상도 그 아이 몫이었어. 미심쩍다고? 그 아이가 삼촌이라 부르던 교수들이나 오빠, 오빠, 하던 글쓰기 센터 대학원생들이 심사했을 테니 당연한 거 아니냐고? 아냐, 꼭 그렇지만은 않아.

내가 보기에도 그 아이는 필력이 있었어. 자료보다는 감각으로 밀어 쓰는 편이긴 했지만 갈고 닦으면 괜찮은 연구자가 될 수 있을 것 같았어. 대규모 학회 네 개의 회장을 맡아 별명이 그랜드슬램이던 아버지처럼 말이야. 그 아이는 창작에도 열을 올렸어. 인문대 아이들이 만든 문학 동아리에 가입되어 있었지. 줄임말로 문동이어서 애들이 문둥이, 문둥이, 하고 부르곤 했지. 신춘문예 철이 되면 몸이 다는 아이들이었어. 그런 시절이 있었다는 게 전생 같네. 몇 년 뒤 그 동아리가 해체된 자리에 주식과 미식 동아리방이 생겨났다고 들었어.

아무튼 일주일 정도 고민하던 나는 용기를 내서 동아리방을 찾아갔어. 내 평생 가장 적극적인 행위였지. 어디서 주워 온 게 분명한 소파에 남학생 한 명이 나른하게 누워 있었어. 긴 테이블 위에 동아리 방명록과 이런저런 공책들,

먹다 남은 쟁반짜장 그릇과 짬뽕 국물 자국이 널브러져 있었지. 별로 문학적이진 않은 풍경이었어. 동아리 가입하러 왔어? 내일 점심시간에 다시 와, 목요일이 동아리 점모거든. 시 하나 써가지고 오고.

무슨 시를 써 갔는지는 기억이 안 나. 그날이 오면인지 그날이 가면인지 하는 학교 앞 서점에서 이 시 저 시 베껴 갔겠지. 아무튼 난 얼떨결에 문둥이, 아니 문둥이가 되었어. 모닝글로리 공책에 그 아이의 시를 베껴 썼고, 그 아이가 끼고 다니던 책을 따라 샀어. 걘 조막만 한 가방을 들고 다니느라 책을 손에 들고 다녔거든. 제대로 된 어린이책이나 프뢰벨 동화, 세계문학 전집 같은 걸 읽어본 적 없던 나는 그 아이를 통해 압축적인 학습을 한 셈이야. 일종의 집중 캠프랄까. 3학년 여름방학엔 기숙사에 틀어박혀 어문각에서 나온 『정통한국문학대계』 72권을 독파했어. 식은 피자와 더운 문장들을 꾸역꾸역 씹다 보니 가을이 되어 있더군. 토하는 것도 잊느라 살이 더 올라 있었어.

그뿐이 아냐. 놀랍게도 그 애와 난 함께 밥을 먹는 사이가 되었어. 알잖아, 모임에서 가장 예쁜 아이들이 나 같은 여자애를 선호한다는 거. 아, 단순히 더 예뻐 보이기 위해서라는 건 아냐. 어려서부터 인간의 친절을 경험하며 온화한 성정을 함양한 그들은 그렇게 심술맞지 않아. 그보단 뭐랄까, 더 총체적이지. 나랑 어울리는 것만으로도 아름답고 관대하고 편견이 없으며 사려까지 깊은 사람이 될 수 있으니까. 그건 기분 좋은 고양감을 선사하나 봐. 밤이면 동아리방을 나와 예나와 깜깜한 캠퍼스를 걸었어.

자은아, 너 저 라일락 꽃잎 한번 먹어봐. 어, 어, 왜? 우리 아빠가 그러는데 라일락 꽃잎에선 첫사랑의 맛이 난대. 그, 그래? 나는 예나가 시키는 대로 라일락나무의 꽃잎을 따서 혀 위에 올렸어. 아무 맛도 느껴지지 않았지. 어색하게 눈을 깜빡이는 나를 예나가 귀엽다는 듯 쳐다보았어. 나는 혀 위의 꽃잎을 잇새에 넣고 살짝 씹었어. 동시에 침과 함께 그 꽃잎을 바닥에 뱉어냈지. 정말이지 어마어마하게 쓴맛이 났어. 한참이나 침을 뱉는 나를 보며 예나는 뭐가 그리 우스운지 배를 잡고 깔깔댔어. 그러다 웃음을 뚝 그치고 지독하게 청초한 얼굴로 말했어. 어때, 자은아. 첫사랑의 맛은 쓰지?

동아리 애들은 주로 탐미적인 시나 퇴폐적인 소설을 써 왔어. 나만 동시를 써 갔지. 현대문학이란 무릇 돈과 성(性)을 양 축으로 삼는 상열지사인데 내 주제에 연애담을 쓸 수는 없기도 했고, 이상하게 펜을 쥐면 제니 엄마가 떠올랐거든. 그때까지도 난 매일같이 제니 엄마의 동시집을 쓰다듬으며 환상의 세계에 빠져들곤 했었지. 일종의 정신적 마스

119

터베이션이랄까. 아무튼 좋은 시절이었어. 다들 어설프지만 열정적이었지. 막걸리를 마시며 김수영을 논했고, 김승옥과 이청준 흉내를 내며 동아리방에서 한잠을 자기도 했어. 서로의 작품을 합평하다 감정이 격해져 뺨을 때리는 애들도 있었다니까. 하지만 4학년이 되자 동아리방은 조용해졌어. 다들 사법고시나 행정고시를 보러 떠나버렸지. 그 아이도 대학원 시험 준비로 바빠졌어. 아무 계획이 없었던 건 나뿐이었지. 난 그냥 그 애의 윤기 나는 머리 꽁지만 보고 있어도 좋았어.

그런데 그 아이에게 사소한 문제가 생겼어. 영어 자격시험 점수를 맞추지 못한 거야. 텝스가 700점이 넘어야 석사과정 지원 자격이 생겼거든. 한두 문제 차이로 미끄러지던 그 애는 초조해졌어. 이미 교수들도, 선배들도 그 애를 국문과 대학원생으로 대했는데 영어 최저점을 못 맞춰 지원도 못 한다면 그게 무슨 망신이겠어. 근심으로 볼살이 내려 더 아름다워진 그 애에게 다가가 말했어. 그 시험 내가 대신 봐줄까, 하고.

넌 지금쯤 궁금할 거야. 도대체 그게 어떻게 가능하냐고. 물구나무를 서서 봐도 신분증 속 그 아이와 나는 닮았을 리가 없지 않냐고. 그런 짓을 하기에 내 외모는 눈에 띄지 않냐고. 좋은 지적이야. 그런데 그거 알아? 한 제약회사 직원이 텝스 대리 시험으로 일억 원을 벌었다는 거. 그는 삼 년 간 단 한 번도 들키지 않았대. 사람들은 생각보다 남을 정확히 보지 못하나 봐. 신분증 속 얼굴과 내 것을 번갈아 보는 시험 감독관에게 나는 촉촉한 눈으로 말했어. 일 년 새 30킬로그램이 쪄서요. 그는 아, 하고 탄성을 뱉었어. 그러고는 진심으로 위로하는 미소를 띠며 신분증을 되돌려주었어. 빼면 되죠, 하면서.

그렇게 그 아이는 국문과 대학원에 진학했고, 나도 얼떨결에 그렇게 되었어. 세부 전공은 달랐지. 국문과는 백수 양산소란 오명, 아니 실명을 피하기 위해 대학원 신입생 수를 조절했거든. 티오가 적은데 개랑 같은 전공에 지원하면 떨어질 게 뻔했지. 아버지처럼 고전시가를 고른 그 아이와 시대와 장르 모두 반대로 정했어. 맞아, 웃기지만 그래서 내 전공이 현대소설이 된 거야.

궁금한 게 있다고? 그 아이는 자기소개대로 교수가 되었냐고? 아니, 우습게도 교수는 나만 되었어. 이상하지. 가장 교수가 될 것 같던 그 아이는 되지 못하고, 대학원엔 관심도 없던 내가 교수가 되었다니. 그래서 사람들이 아이러니, 아이러니, 하나 봐. 됐고 결론이나 말하라고? 그래. 그 아이는 생명의 이해 옆자리 그 남자와 결혼한 지 삼 년 만에 이혼을 했어. 알고 보니 그 남자, 딱 생명이 끊기지 않을 정도로만 폭력적이었다나 봐.

 강의 조교가 지정 좌석 번호를 다른 방식으로 정했다면 운명은 달라졌을까. 그 아이는 이혼 위자료로 받은 상가를 팔아 미국으로 떠났어. 그곳에서 재미 교포 사업가와 재혼한 뒤 이국적 일상을 공유하는 인플루언서가 되었지. 더 이상 시는 쓰지 않지만 그 아이가 입고 바르는 모든 것이 광고의 언어가 되나 봐. 어떻게 아냐고? 유령 계정으로 그 아이와 팔로어를 맺었거든. 그 애는 이제 대리 시험이 필요 없을 정도로 영어를 잘해.

책

나는 태중에서부터 조용하고 지루한 존재였어. 오빠 때는 입덧이 심했다는데 난 오 개월이나 생긴 줄도 몰랐대. 산달보다 빨리 나긴 했지만 우량아였고, 오십 일도 지나지 않아 통잠을 잤대. 키우는 내내 속 썩인 적이 없고, 남의 손을 타지 않았지. 뭘 먼저 요구하는 법도 없었대. 그런 내가 처음으로 돈을 달라고 한 적이 있었대. 일곱 살 때였다나. 오백 원만 달라고, 절편을 자르는 엄마에게 말했대. 듣고 나니 어렴풋이 기억이 났어. 목요장이 서는 날이면 오던 파란 북 트럭. 학이 그려진 동전을 들고 가 가장 두꺼운 책을 빌렸지.

방구석에 앉아 목덜미가 뻐근하도록 내처 읽었어. 책을

읽는 동안은 가래떡도, 변기도, 짓궂은 아이들도 잊을 수 있었어. 책 속의 세계에서 난 공주도, 용도, 기사도, 헬렌 켈러도, 나이팅게일도, 아문센도 될 수 있었지. 물론 오빠의 칵, 칵, 소리가 커지거나 아빠의 담배 심부름이 있을 땐 돌아가야 했지만 뭐 어때, 책을 펼치면 생기는 작은 삼각뿔 속으로 언제든 피신할 수 있는데. 전율이 일었지. 그제야 난 내 전신갑주全身甲冑를 발견한 거야, 이 거추장스러운 육체를 무장할 수 있는.

어릴 땐 경멸만 받던 지루함과 진지함이 학년이 올라갈수록 도움이 되었어. 대학에 가서는 말할 것도 없었지. 말했잖아, 아직은 문학청년들이 멸종하기 전이었다고. 그런 내게 대학원은 황송한 공간이었어. 친구 따라 얼떨결에 간 강남이었는데 거기가 세상에, 내 진지함에 값을 부여하는 도시였던 거야. 많이 읽고 많이 쓰는 사람이 이기는 단순한 룰. 비로소 공정한 게임을 찾았다고 생각했어. 근사한 판에 좋은 패를 받고 입장한 느낌. 그게 그 시절 나답지 않은 희망에 부풀었던 이유야. 그에 맞춰 몸도 더 부풀어갔지만.

나를 비루하게 만들었던 미의 세계를 떠나 나를 인정해주는 학문의 세계로 들어선 셈이지. 그 문을 지키고 섰던 문지기가 내 지도교수였고. 그가 내게 그곳의 출입증을 주었어. 나중엔 거기가 잿빛 지하 세계라는 걸 알게 됐지만,

그곳으로 들어서려는 자 모든 희망을 버려야 한다는 것도 깨달았지만, 그건 한참 뒤의 일이었지. 알았어도 달라지는 건 없었을 거야. 초록의 세계에 머물기에 난 너무 추했거든.

지도교수는 좋은 학자였어. 어떤 보직도 맡지 않았고, 연구실의 자료 더미 속에 묻혀 공부를 했어. 컴퓨터 대신 원고지를 고집했고, 청바지를 입는 제자를 아주 싫어했어. 천박하다나. 맞는 바지가 없어 통치마만 입는 나를 점잖다 봐주었으니 이득이었지. 아, 난 좋은 학자라고 했지 좋은 선생이나 사람이라고는 하지 않았어. 그는 공부하는 법을 알려주거나 인격으로 나를 감화시킨 적은 없어.

내 말의 의미는, 그러니까 그가 내게 공부하는 모습을 보여줬다는 뜻이야. 교수가 공부하는 사람이라는 걸 몸으로 보여주었지. 당연한 소리 아니냐고? 아냐. 난 내 지도교수 외에 공부하는 교수를 단 한 번도 본 적이 없어. 다들 교수라는 직업을 공연하고 있는 가짜들이었지. 난 운이 좋은 편이었어. 비썩 마른 몸에 오래된 트렌치코트를 걸친 채 냅킨에 글을 쓰는 그를 흠모했어.

동경의 대상을 연구하는 내 방법론은 이번에도 수줍은 관찰 그리고 열성적인 모방이었지. 크림빵 먹던 제니를 따라 먹던 것처럼, 글을 쓰던 예나를 따라 썼던 것처럼 지도교수가 읽는 책, 그가 쓰는 문진, 그가 인용한 철학자 하나

하나를 학습하고 베껴나갔어. 아침 여덟시면 성북동 자택을 나서는 그가 필요한 책의 제목들을 문자로 보냈어. 이미 연구실 물걸레질을 하고 있던 나는 도서관 문이 열리는 아홉시가 되자마자 그것들을 빌렸지.

대출 가능 권수는 늘 아슬아슬했어. 그의 교직원증과 내 학생증, 조교의 학생증까지 동원해야 했어. 평소엔 계단 하나만 올라도 숨이 찼는데, 그럴 때는 양장본 열 권을 들고 오르막을 올라도 힘든 줄을 몰랐어. 파티션 안쪽에 책을 올려놓고 땀을 닦고 있으면 그가 들어와 토막글을 던져주었어. 마을버스에서 끄적인 단상이나 비평들이었지. 컴퓨터를 켜서 그걸 한글 파일로 옮겼어. 해독이 어려운 글자는 모아뒀다가 한꺼번에 여쭤보았지. 그의 필체에 익숙해지면서 그럴 일도 적어졌지만.

아까 말했듯이 그는 공부하는 법을 알려주지 않았어. 수업이라는 방식을 못 미더워했던 것 같아. 누가 누구에게 어떤 책을 통해 뭔가를 가르친다는 발상 자체를 품위 없다 여긴 건지도. 그가 개설한 대학원 강의는 15주차를 통틀어 딱 두 번 수업을 했어. 개강 때 한 번, 종강 때 한 번. 첫 강의 때 그가 던져준 제목으로 소논문을 써 가면 됐지. 방 조교 근무시간이 끝나는 오후 다섯시부터 도서관 폐관 방송이 울리는 저녁 아홉시까지 지도교수가 쓴 모든 책을 집어 삼켰어.

세 달 조금 넘게, 그러니까 백 일 정도 걸렸지. 그러고 나니 종강이 일주일 앞으로 다가와 있었어. 나는 그동안 읽은 글을 되새김질해서 다른 단어와 문장으로 토해냈지. 마지막 강의 때 각자 써 온 소논문을 소리 내어 읽었어. 내가 첫 차례였어. 더듬지 않는 단어보다 더듬는 단어가 많았어. 읽기가 끝나자 잠시 침묵하던 지도교수가 이렇게 말했어. 자네, 생계가 힘든 게 아니라면 공부를 계속하게.

맙소사, 그날 난 운명을 점지받은 거야. 후계자로 승인받은 거지. 지도교수처럼 골방에서 글을 쓰는 사람이 될 수 있다니, 그날 밤 온몸에 열꽃이 필 만큼 들떠 올랐어. 오해한 거 아니냐고? 늙어서 인자해진 교수가 귀여운 제자들에게 후한 떡고물을 뿌려준 건 아니냐고? 들어봐. 그 수업엔 내 친구 예나도 있었어, 국문과의 공주 말이야. 걔 발표는 마지막 차례였어. 색지로 표지를 만든 출력물을 사람 수대로 복사해 온 친구는 또박또박 발표문을 읽어 내려갔어. 결론까지 읽고 나자 교수가 친구를 향해 손을 내밀었어. 상기된 뺨의 친구가 두 손을 모아 발표문을 교수에게 바쳤어.

그때 난 처음 알았어. 종이를 찢는 소리가 그렇게 크다는 것을. 이건 쓰레기군, 예쁜 쓰레기. 코트 자락을 펄럭이며 일어선 교수는 그대로 강의실 문을 열고 나가버렸지. 그 뒤로 일주일간 친구의 얼굴을 볼 수 없었어. 뭔가 잘못된 기분이 들었지. 난 그 아이를 통해 문학을 읽고 쓰는 법을 배웠는데, 그러니까 그 아이에게서 난 문학을 훔쳤는데 교수는 내 재능에 별점을 달아준 거야. 이유는 여쭤본 적이 없어. 그는 내 추함이 그 아이의 아름다움보다 진지하다고 생각했던 걸까.

하지만 그 아이는 다른 강의들을 통해 자존심을 회복했고, 내게도 다시 친절한 우정을 베풀었어. 천성이 보드라운 애였으니까. 문제는 그 아이의 아버지, 그러니까 도용환 교수와 내 지도교수의 사이가 뒤숭숭해졌다는 거야. 그건 나처럼 현대소설을 전공하던 학생들에게 좋지 않은 소식이었어. 학과 교수가 일곱 명인데 그중 세 명의 도장을 받아야 석사논문이 통과될 수 있었거든.

어학 전공 교수를 제하면 딱 세 명의 교수가 남으니 문학 전공인 도 교수의 지도를 피할 순 없었어. 도 교수의 제자들도 내 지도교수에게 인준지를 받기 힘들어졌고. 논문 예비 심사장에선 새우등을 꼬부린 학생들이 각자의 지도교수들이 벌이는 대리전의 바둑알로 튕겨 나갔어. 나도 마찬가지였지. 지도교수가 정해준 주제로 쓴 논문계획서가 도 교수로부터 물을 먹었어.

부모님은 언제 졸업하냐고 물으시고, 명절에 만난 친척

들은 왜 취직을 안 하냐고 빈정댔지. 삼류 대학 간 네 사촌도 이젠 돈을 버는데 넌 왜 그렇게 가방끈만 늘이냐고, 네가 무슨 팔자 좋은 소공녀 줄 아냐고, 앉아서 글을 쓰느라 더 펑퍼짐해진 엉덩이를 보며 물었지. 침대를 벗어나기 어려운 아침이 늘어났고, 칼로리를 계산할 수 없는 폭식의 빈도가 잦아졌어. 방 조교 근무 턱으로 받는 학과 장학금이 구십만 원이었어. 떡집은 붐볐지만 부모님께 손을 벌리지 않았어. 그 무렵 오빠가 피시방을 차린다며 돈을 끌어 썼거든. 될성부른 나무는 떡잎부터 다르다더니, 어릴 때부터 그렇게 게임을 하던 이유가 있었나 봐.

지은 지 이십 년 된 오피스텔 월세 사십만 원을 제하면 통신비 내기도 빠듯한 게 다행이었지. 잔고가 넉넉했다면 내 체중은 더 일찍 고점에 도달했을 거야. 지갑이 얇고 양은 줄일 수 없으니 타협할 수 있는 건 뻔했지. 먹고 마시는 것의 질은 점점 나빠졌어. 편의점도 부담스러워서 대형 식자재 마트나 인터넷 떨이 몰을 이용했어. 유통기한이 임박한 딸기잼을 파랗게 곰팡이 핀 식빵에 발라 먹고 토했지.

어차피 토할 거니까 위생이나 모양은 신경 쓰지 않았어. 눈 딱 감고 버렸던 새우깡 반 봉지까지 쓰레기통에서 다시 주워 먹었는걸. 학교에서 책을 읽으면서도 집에 가서 뭘 먹고 토할지만 생각했어. 총기가 떨어지고, 마을버스를 반대로 타고, 지도교수의 심부름을 까먹었지. 이건 아니다 싶었어. 내 유일한 패가 사라지고 있었으니까.

결국 용기를 내서 신경정신과에 갔어. 아, 지금은 정신건강의학과라고 부르나. 재밌는 명칭이야. 육체건강의학과라는 건 없잖아. 아무튼 그곳에서 식욕억제제를 탔어. 처음엔 효과가 있었지. 먹는 양이 반으로 줄고, 그 반으로 줄었어. 하지만 여전히 글을 쓸 순 없었어. 잠자는 법을 잊어버려 실수가 늘기만 했지.

이번엔 한의원의 문을 두드렸어. 체중계 숫자를 보고 한숨을 쉬던 한의사가 말했어. 석 달 치는 드셔야겠어요, 하고. 토끼 똥처럼 생긴 검은 환약 수십 알을 먹고 수돗물을 들이켜면 가슴이 뛰고 의욕이 샘솟았어. 일 년 치 계획을 짜고, 발바닥이 호핑스텝을 밟았지. 키보드에 손가락을 올리면 논문이 줄줄 흘러나왔고, 빗길의 지렁이를 봐도 가슴이 설렜어. 마황으로 인한 각성 작용 덕이었다는 건 인터넷 검색을 해보고 알았어.

약효 덕인지, 도 교수가 마지막 연구년을 떠난 덕인지 이러구러 석사 졸업을 했어. 정년이 얼마 남지 않았던 지도교수는 내가 바로 박사과정에 진학하기를 바랐어. 이미 그의 수하엔 제자들이 한줌도 남지 않았거든. 학문의 세계도 대마불사大馬不死야. 제자가 많은 교수가 입김도 세지. 대학원생

없이는 책 주문 하나 할 수 없는 그에겐 내가 꼭 필요했어. 나도 그가 필요했고.

그때 작은 문제가 생겼어. 당연히 박사과정에 함께 진학할 줄 알았던 예나가 돌연 청첩장을 건넨 거야. 식을 올린 뒤 그 의대생의 단기 연수를 따라가게 되었다고. 미국이라니. 스무 살 이후 신림동을 벗어나본 일이 드문 내겐 명왕성보다 먼 곳이었어. 갑자기 좌표를 잃어버린 셈이었지만 어쩔 수 없었지. 일 년짜리 연수니까, 하며 친구는 쓸쓸하게 웃었지만 어쩐지 그 아이가 대학원으로 돌아오지 않을 거란 예감이 들었어. 그래서 그날 밤에 혼자 치킨 두 마리를 시켜 먹었어, 맥주 네 캔도 함께.

그 아이는 이따금 지나가는 얘기처럼 말하곤 했어. 남자친구가 보수적이라고, 결혼하면 도어록 비밀번호를 누르고 싶지 않아 한다고, 초인종을 누르면 현관에서 아내와 아이들이 도열해 있기를 바란다고, 식탁 위에 된장찌개와 갈비찜이 있기를 바란다고. 그 집의 초인종 소리는 틀림없이 〈즐거운 나의 집〉일 거라고 생각하며 친구의 고민을 들어주었어. 고민이라는 말은 부적절할까.

그 아이는 결혼을 할까 말까 망설인 게 아니니까. 답은 정해져 있었어. 그냥 고민의 제스처와 그걸 목격해줄 관객이 필요했을 뿐이지. 대학병원 성형외과장의 아들이라는 그는 준수한 용모를 가지고 있었어. 피부과나 성형외과를 하려면 의사의 외모도 중요하다며? 지금 그는 의료 쇼핑을 온 중국인 관광객들에게 청담의 미켈란젤로로 불린다는 소문이야. 재혼하지 않고 화려한 솔로 생활을 구가한다고 도 하고.

손수건

아무튼 그때 내 절망은 도저했어. 카스텔라 먹는 법을 알려준 아이도, 문학을 읽고 쓰는 법을 알려준 친구도 모두 내가 없는 도시로 가버렸어. 젠장, 왜 모든 아름다운 것들은 나를 떠나가는 걸까. 그 아이 없는 대학원에 머물고 싶지 않았어. 마침 8학군의 한 사립고등학교 교편을 잡던 선배가 큰돈을 받고 학원가로 진출했어. 그 바람에 그 자리가 공석이 되었지. 나날이 늘어가는 식비 때문에 곤궁해진 나는 제대로 된 월급을 받는 삶을 체험해보고 싶었어. 일반 기업 취직은 쉽지 않았어. 친구와 문학 동아리 꽁무니를 쫓아다니느라 취업 생각 같은 건 해본 적이 없었거든. 덕분에 성적표도 스펙도 특기 사항도 텅 비어 있었어.

그래도 학교 간판과 석사학위증 덕에 일이 잘 풀렸지. 처음엔 정교사로 채용한다더니 일 년간 기간제로 수습 근무를 해야 한다고 말을 바꿨어. 괜찮다고 했지. 알잖아. 내 주제에 협상이나 저항 같은 건 언감생심이었어. 기간제교사도 감지덕지였어. 근무 첫날 여러 일이 있었어. 일일이 말하기도 힘들지만 상상할 수 있을 거야. 남자 고등학생들이 내게 어떤 말들을 했을지. 언어에 상처받을 연차는 지나 있어서 괜찮았어.

문제는 그들이 행동파였단 거야. 왜 아니겠니. 호르몬 파티 중인 신체를 교실에 붙박인 채 문학사 연표나 외워야 하는 열여덟 살 아이들. 걔네한테 리얼리즘과 모더니즘이 무슨 의미가 있었겠니. 폭발 직전의 아이들에게 난 군침 도는 먹잇감이었지. 혹심한 신고식을 치른 난 노련한 교사로 보이려 안경을 맞췄어. 교장은 카디건 차림이던 내게 재킷을 입으라고 했어. 진짜 교사라면 정장을 해야 한다고. 그 말은 이상하게 아직까지도 나를 따라다녀. 내가 언제나 재킷을 입었던 이유야. 동대문에서 사이즈 맞는 정장을 구하지 못해 이태원을 가야 했지. 검은 정장 슈트를 샀어. 베이지색이 마음에 들었지만 조금이라도 작아 보이려고 어두운 색을 골랐지.

그러던 어느 날, 이효석의 「메밀꽃 필 무렵」을 가르칠 차례였어. 현대소설 전공이라고 나름대로 설렜던 것 같아. 논문까지 뒤져가며 교안을 작성했지. 오 분 일찍 교실에 들어갔는데 분위기가 묘했어. 아이들이 이미 교과서를 펼쳐놓고 있었어. 놀랄 노 자였지. 이게 바로 재킷의 효과일까. 갑자기 학생들이 사랑스러워 보였어. 꽉 끼는 정장을 추슬러가며 헛기침을 했어.

수업 종이 울렸고 난 학습목표를 설명했어. 소설에서 문체가 어떤 효과를 낳는지 오십 분 뒤에 알게 될 거라고 했어. 언어미학을 안다는 게 그들의 삶에 무슨 소용이 있을지도 모르면서 말이야. 그 아이들은 씨발과 헐, 대박이란 세 단어만으로도 충분히 만족스러운 언어생활을 영위하고 있었는데, 난 굳이 흰 소금처럼 눈부시고 달의 숨소리처럼 야릇한 가산可山의 문장을 가르치고 싶어 했어.

반장이 벌떡 일어나 미리 읽어오지 않은 학생들이 많다며 낭독을 하겠다고 했어. 그러라고 했지, 내가 지을 수 있는 가장 화사한 미소를 지으며. 안경을 낀 반장이 눈빛을 빛내며 읽기를 시작했어. 아이들의 장난이 심한 눈치여서 땀 밴 몸뚱어리가 부들부들 떨리고 좀체 흥분이 식지 않는 모양이었다. 아이들이 낄낄 웃기 시작했어. 그래, 그제야 애들이 달라진 이유를 눈치 챘어.

반장이 연극적인 표정으로 말했어. 선생님, 이거 비교육

적이어서 도저히 못 읽겠어요. 선생님이 읽어주시면 안 돼요? 난 말문이 막혔어. 머릿속이 생크림케이크처럼 새하얘졌어. 지금 같으면 무시했을 텐데 그때 난 참 어리고 순진했어. 반장이 멈춘 부분부터 엉겁결에 읽어나가고 말았지. 우리들 장난이 아니우, 암놈을 보고 저 혼자 발광이지. 김 첨지 당나귀가 가버리니까 온통 흙을 차고 거품을 흘리면서 미친 소같이 날뛰는 걸 꼴이 우스워 우리는 보고만 있었다우. 배를 좀 보지. 아이는 앙토라진 투로 소리를 치며 깔깔 웃었다. 허생원은 모르는 결에 낯이 뜨거워졌다. 뭇 시선을 막으려고 그는 짐승의 배 앞을 가리어 서지 않으면 안 되었다. 늙은 주제에 암샘을 내는 셈야, 저놈의 짐승이.

웃음소리가 옆 반까지 넘어갈 정도였어. 죽비를 든 한문 선생이 교실에서 나와 들여다보았지. 내가 있는 걸 확인한 그가 사라지자 반장이 말했어. 선생님 배 좀 봐. 불룩한 걸 보니 뚱뚱한 주제에 숫샘을 내는가 봐. 그러고 보니 허생원처럼 선생님도 허씨네. 내 얼굴은 시뻘겋게 물들기 시작했어. 부락스러운 각다귀 자식들. 수치스러움에 눈이 개진개진 젖어들었어. 손수건을 꺼내 뒷목을 닦았어.

부반장이 말을 보탰지. 좀체 흥분이 식지 않는 모양이시네요. 참지 못하고 땀 밴 손수건을 집어 던졌어. 그게 아이의 인중으로 날아가던 장면이 기억나네. 뽀얗고 잘생긴 얼굴이 내 손수건에 덮였다가 스르륵 나타났어. 그거 알아? 조형적으로 훌륭한 얼굴은 분노의 표정을 지어도 아름답다는 거. 씨발, 좆같은 돼지 냄새. 중얼대며 일어난 아이가 실내화로 손수건을 짓밟았어. 제니 엄마 것과 비슷한 걸 찾느라 백화점 점원의 눈총을 받아가며 고른 손수건이었는데 말이야.

다음 날 난 그 아이 부모 앞에서 무릎을 꿇었어. 그 아이 아버지는 내게 명함을 건넸어. 사과를 받으러 온 사람이 이상하지. 금테가 둘러진 두꺼운 종이. 무슨 로펌 대표 변호사라고 적혀 있었는데 학부와 사법고시 기수까지 적어놓은 게 그 와중에도 우스웠어. 뭐, 시작이 그랬으니 끝도 좋지 못했지. 내 교사 생활은 한 학기 만에 종료됐어. 다시 지도교수의 방순이로 돌아왔지.

그사이 그는 더 늙어 있었어. 뒷방 늙은이 기색이 완연했지. 학과 회의 안건들도 제대로 전달받지 못하는 눈치였어. 누구보다 잘 알지? 대학원생들이 권력의 향방에 얼마나 예민한지. 예전 같으면 명절을 앞두고 연구실에 쌓이던 선물 세트도 눈에 띄게 줄어들었어. 그에게 학위를 받고 지방대학에 자리를 잡은 제자들도 안부 전화가 뜸해졌고. 점점 더 읽히지 않는 논문을 쓰느라 말라가는 그가 안쓰러운 마음에, 심 봉사 돌보는 청이 노릇을 했지.

그는 점심으로 토마토가 들어간 샌드위치를, 저녁으로는 당근이 들어간 김밥을 고집했어. 비타민이 그 왕성한 저술의 비법이었던 걸까. 아무튼 학관 카페테리아에 그 메뉴가 품절된 날에는 성치 않은 무릎으로 발품을 파느라 고생했지. 정해진 식사 시간에서 일분일초도 늦어지거나 빨라지면 안 됐거든. 하지만 괜찮았어. 덕분에 나는 남들보다 빨리 박사학위를 땄고, 남들보다 빨리 자리를 잡았어. 공개 발표 때도, 졸업식 때도, 총장 면접 때도 이태원에서 산 그 재킷을 입었어.

개강 직전에 열린 전체 교수 회의에서 신임 교수 환영식이 있었어. 거기 부모가 온 교수는 나밖에 없었을 거야. 초등학교 입학식도 아니니까. 하지만 감격의 눈물을 흘리며 아빠 머리에 새치 염색약을 바르는 엄마를 말릴 수가 없었어. 난 엄마의 착한 딸이잖아. 꿈을 이뤄서 행복했겠다고? 글쎄. 내게 꿈이 있었나. 밤마다 예쁜 여자아이가 되는 꿈을 꾸긴 했지만, 낮마다 읽고 쓰는 삶을 흉내 내긴 했지만, 딱히 뭐가 되고 싶었던 적은 없어. 아, 아니다. 어릴 때 딱 한번 눈여겨본 직업이 있었네.

부끄럼이 많았던 난 무슨 직업이 가장 과묵해도 되는지 연구한 적이 있어. 가업을 물려받아 떡 가격을 흥정할 자신은 없었어. 그때 동네 상가에 만화방이 생겼어. 일본 만화,

순정 만화, 무협지, 하이틴 로맨스 소설 같은 걸 늘어놓고 푼돈에 빌려주는 곳이었지. 만화를 읽으며 후루룩 넘기는 라면 맛이 좋아서 장사가 짭짤하다는 소문이었고. 그 앞을 지날 때마다 열린 문 안쪽을 바라보았어.

주인은 하염없이 책만 읽다가 손님이 올 때만 고개를 들었어. 그들이 건네는 동전을 받고 자신의 책들을 맡겼다가 시간이 되면 돌려받았어. 정말이지 괜찮아 보였어. 저 정도면 나도 할 수 있겠다 싶었지. 그런데 얼마 안 돼서 그런 만화방들은 자취를 감추었어. 덕분에 내 장래희망도 물거품이 되었지. 그래도 언젠간 나도 그런 공간을 갖고 싶었어. 읽을 것으로 가득한 방. 그 방에 필요한 건 눈치 없는 요의를 해결할 요강 하나뿐일 거야.

요강

그 뒤의 이야기들은 너도 잘 알겠지. 이 대학에서 내가 겪었던 일들. 아, 누굴 원망하는 말은 아냐. 답사 때 학생들이 보는 앞에서 폭언을 한 이, 내 몫의 수당을 학과 통장으로 입금시킨 이, 술자리에서 조리돌림을 한 이, 대학 평가를 위한 보고서며 각종 무료 강연을 떠넘긴 이, 학생들이 듣기 힘든 시간으로 강의를 배정해서 폐강이 되게 만든 이, 심지어 다른 캠퍼스의 교직원들에게까지 나에 관한 헛소문을 퍼트린 이, 모두 견딜 만했어. 적어도 내가 숨어들어 책 읽을 공간이 생겼잖아. 404호 연구실. 바로 옆이 화장실이라 다들 기피했지만 오히려 좋았어. 말했잖아, 난 요강이 있는 서재에 감금되고 싶었다고. 꿈을 이룬 셈이었지. 그러니까 진짜 괜찮았어. 박상아를 보기 전까진.

그 아이를 처음 본 순간 난 파국이 임박했음을 예감했어. 라이크어학원과 대학 엠티에서 만났던 두 친구와 닮고도 다른 아이. 제니가 우아한 세계를 보여준 소공녀라면, 예나가 읽고 쓰기의 왕국으로 안내해준 공주님라면, 상아는 뭐랄까…… 제 존재를 폭력적으로 숭배하게 하는 여신 같았어. 그 아이가 등장하면 모든 균형이 붕괴되는 느낌이 들었지. 달의 인력이 바닷물을 밀고 당겨 간조와 만조를 만들어내는 것처럼.

특히 내가 좋아했던 건 상아의 진가를 나만 감정鑑定할 수 있다는 점이었어. 다들 그 아이가 학위증을 구매하러 온 철부지라고 생각했어. 세미나에 끼워주지 않았고, 팀 프로젝트에서 제외되었고, 글을 써 가면 첫 문단만 읽고 비판했지. 미스코리아가 무슨 학문을 하냐고 말한 교수도 있었고. 지도교수인 곽용권 역시 걜 액세서리처럼 달고 다닐 뿐 진지하게 지도할 생각은 없어 보였어. 그건 온당하지 못한 처우였어. 걘 생각보다 긴 독서 목록을 가졌거든.

아, 물론 걔가 그런 오해를 조장한 측면도 있지. 남의 입방아에 오르는 팔자를 즐기기로 한 것처럼 보였어. 파츠 달린 손톱과 명품 로고를 숨기지 않았고, 돈이 튀는 환경과 유전적 복권을 부끄러워하지 않았어. 사실 그렇잖아. 빈곤의 냄새처럼 풍요의 냄새도 숨기려야 숨겨지지 않지. 모두가 그걸 꿈꾸면서 왜 그걸 가진 사람은 미워하는 걸까.

그래서 지금 걔가 학문적 재능이 있다는 얘기냐고? 그건알 수 없지. 그 애는 제 논문을 완성한 적이 없으니까. 그럼어떻게 학회 발표를 한 거냐고 묻겠지. 그 발표는 학계 인사들에게 꽤 깊은 인상을 주지 않았냐고, 박사과정생의 발표문으로는 이례적으로 많이 인용되지 않았냐고. 말해줄게. 그건 내 작품이었어. 놀라는 표정이 깜찍하네. 무슨 대가를 받고 그런 짓을 했냐고? 학문의 세계를 뭘로 보았냐고? 아니면 사악한 요녀에게 이용당했냐고?

함부로 말하지 마. 난 어디까지나 경의를 표한 거야. 아름다운 존재에겐 아름다운 글이 어울리니까. 내 방식으로 헌화를 한 거지. 나 같은 추물이 가질 수 있는 아름다움은 오직 글자의 몸을 빌려서만 가능했으니까. 날 아니 부끄러워한다면 꽃이 아니라 논문인들 못 꺾어 바치겠어. 수로부인에게 헌화한 노인처럼. 자줏빛 바윗가에 암소 잡은 손 놓게하시고 나를 아니 부끄러워하시면 꽃을 꺾어 바치겠나이다. 내가 바라는 건 그 아이가 날 아니 부끄러워하는 것뿐이었어.

논문 쓰는 거야 내 생업이니 어려운 일도 아니었지. 고전문학 논문이라 곽용권의 논문까지 참고해야 했던 게 비위

142

가 상했지만 그것도 좋은 경험이었어. 젊은 시절 곽용권의 글은 지금보다 좋더라고. 한땐 그도 공부라는 걸 한 적이 있었나 봐. 아무튼 그 아인 진심으로 고마워했어. 나를 좋아했지. 언제부터 그 아이와 그렇게 친해졌냐고?

음, 시작은 '문학의 밤' 2차로 간 노래방에서였어. 술에 취해 박상아의 허벅지를 만지던 곽용권을 내가 말렸거든. 다른 교수들도, 조교 이종수도 못 본 척하던 곽용권의 손을 내가 잡았거든. 그때 곽의 표정이 기억 나. 똥이라도 묻은 얼굴이었지. 지역방송에 나와 인문학의 향기를 운운하던 그 얼굴.

그날 노래방에서 이종수의 침묵은 박상아에게 깊은 환멸을 선사했던 것 같아. 내 첫 제자 이종수. 언젠간 교수가 되겠다는 희망만으로 훼손된 세계를 견디고 있는 남자, 제 언어를 발화해야 할 때도 입술을 짓씹어 다무는 겁쟁이. 그는 알까. 언젠가 자기도 그 세계의 일부가 되고 말 거라는 걸. 아, 물론 이종수가 나를 예의 바르게 대하려 노력했다는 건 인정해. 내 이야기를 들어주었고, 내 몸을 비웃지 않았지. 하지만 그건 그저 그 편이 안전했기 때문이야.

그는 언제나 창 앞에 서서 구경만 하지. 아름다운 박상아도, 타락한 곽용권도, 조롱당하는 광대가 되어가는 나도. 난 그런 그를 보면 우리 오빠 허자곤이 떠올랐어. 두 사람은 전혀 닮지 않았지만 이상하게 닮아 있었어. 비썩 마른 손으로 타인의 구멍에 손가락만 넣어보는 이들, 창문 앞에서 세상의 허무를 구경만 하는 이들, 몸으로 살지 않고 상상으로 사는 이들.

아, 오빠는 어떻게 되었냐고. 일단 떡집은 망조가 들었어. 구청에서 나온 위생 점검에 걸렸고, 떡을 찾는 발길도 줄었고, 무엇보다 오빠의 몸속에 알 수 없는 것들이 자리를 옮겨 다니며 세를 불렸어. 그의 병명을 듣고 엉뚱한 생각을 했어. 어린 내가 오빠를 위해 차렸던 밥상 속에 뭔가 나쁜 게 섞여 들어갔던 걸까, 하고. 아무튼 어린 누이의 몸을 연구하던 오빠는 이제 자기 몸을 연구하기 시작했지. 적지 않았던 가산을 이런저런 대체의학과 대증요법으로 기화시켰어. 엄마 아빠가 평생 개처럼 벌었던 지폐가 쓰레기 소각장의 잿빛 연기처럼 사라졌지. 그러느라 내게 전화하는 빈도가 잦아졌어. 그날도 오빠의 전화를 끊고 멍하게 책상 앞에 앉아 있는데 누군가 연구실 문을 두드렸지.

상아였어. 손에는 흰 비닐봉지가 들려 있었는데 걔가 드니까 그것도 명품처럼 보였어. 교수님, 시간 되세요. 난 다급하게 고개를 끄덕였어. 그 아인 전작이 있는 것처럼 보였고, 울고 난 뒤끝 같았어. 눈가가 발갛게 젖어 있었지. 그런 표정은 정말이지 그 아이에게 어울리지 않았어. 난 얼른 의자를 끌어다 그 아이를 앉혔어. 상아는 대학원 생활의 고단함을 토로하기 시작했어. 성골도 진골도 아닌 자기를 무시하는 선배, 아슬아슬한 수위의 농담을 던지는 교수, 변비처럼 진도가 막힌 발표문, 그리고 자신의 마음을 받아주지 않는 이종수에 대해 말했어. 상아는 자신에 대한 그의 욕망을 확신했어. 곽용권의 눈치를 볼 수밖에 없는 그의 처지도 알고 있었지.

조용히 상아의 말을 듣고 있었어. 아니, 그 아이의 입술을 보고 있었어. 젤리처럼 투명한 덩어리 두 쪽이 얼굴과 별개의 유기체인 양 탄력 있게 움직이고 있었지. 그걸 보고 있자니 입이 바싹 말라왔어. 비닐봉지에서 마지막 맥주캔을 꺼내 뚜껑을 열었지. 그때 갑자기 그 아이가 흐느끼며 품에 안겨왔어. 사방에서 날아드는 화살에 꽂힌 새처럼 난 얼어붙어버렸지.

누군가와 그렇게 가까이 있어보는 게 처음이었어. 엷은 땀과 홉의 냄새가 밴 갈색 머리칼이 내 가슴 위로 쏟아졌지. 교수님, 저 너무 힘들어요. 난 말이야. 누군가를 안아본 게 처음이었어. 피를 나눈 부모도, 비밀을 나눈 오빠도 안아본 적이 없었어. 상아의 눈물 때문에 가슴팍이 축축하게 젖었어. 따뜻했어. 텅 비었던 구멍이 처음으로 채워지는 느낌이었어.

145

아, 어떡해, 교수님 재킷이. 당황한 그 아이가 몸을 떼려
는 순간 다시 못 견디게 헛헛하고 추워졌어. 정말이지 견딜
수가 없었어. 이, 소리와 함께 벌어진 그 아이의 입술에 내
입술을 밀어 넣고 말았어. 내 구멍과 그 아이의 구멍이 닿
았을 때 작은 삼각형의 뱀 머리 같은 것이 내 구멍 안으로
들어왔어. 그것은 내 잇몸 위를 천천히 유영하다가 치아로
미끄러지며 마침내 혀 위에 안착했어. 바로 그때, 내 안에서
뭔가 툭 하고 떨어져 내리는 소리가 났어. 날 때부터 물
고 있던 입속의 검은 잎. 그게 떼어져 나간 거야.

몇 분쯤 지났을까. 나는 천천히 두 눈을 떴어. 내 나이가
되면 말이야, 어떤 일은 절대 돌이킬 수 없다는 것을 알게
되지. 이제 겨우 발단의 문턱을 넘었을 뿐이지만 파국의 절
정이 먼저 도착해 있는 느낌. 그때부터 내 결말을 준비했던
것 같아. 소설을 많이 읽어둔 게 서사적 추론에 도움이 되
더군. 흐트러진 머리칼을 손으로 빗질하며—고맙게도 입
을 닦지 않았어—그 아이는 천연한 표정으로 말했어. 교수
님, 제 머리 엉망이죠, 하고. 내가 뭐라 말할 수 있었겠어.
아름다워, 아름다워, 너의 모습. 그 아이는 싱긋 웃으며 말
했어. 지금 제가 쓰고 있는 발표문이 이 머리카락처럼 봉두
난발이에요. 원로들 앞에서 그 발표를 망치면 대학원에서
조용히 사라질 거예요. 그럼 교수님도 다시 못 뵙겠죠. 나

는 말이 다 맺기 전에 끼어들어 빌었어. 제발, 제발 그 발표문을 내가 쓰게 해달라고.

그걸 쓰는 일주일이 내 생에서 가장 충만한 시간이었어. 저녁 여덟시가 되면 연구실로 그 아이가 찾아왔어. 버터가 듬뿍 들어간 롤, 얇은 피가 간신히 버티고 있는 크림 모찌, 화려한 빛깔의 과일과 금박으로 장식된 타르트가 담긴 상자를 들고서. 오해하지 마. 더 이상의 부적절한 접촉은 없었어. 상아는 글을 쓰는 내 옆에 앉아 우유를 따라주고, 책상을 닦아주고, 학부생들의 시험지를 채점해주었을 뿐이야. 그러고는 자정이 되면 내 등을 쓸어주곤 요정처럼 총총 사라졌지.

마침내 발표문이 완성된 날, 그걸 읽은 상아가 방긋 웃으며 말했어. 교수님, 사랑해요. 그날 집으로 돌아가면서 돌부리 하나도 조심했어. 걸려서 넘어질까 봐, 넘어져서 죽어버릴까 봐.

며칠 뒤 학과 회의가 있었어. 교육과정 개편을 앞둔 시점이라 몇몇 교수의 심기가 불편했지. 제 과목이 전공필수에서 선택으로 바뀐다거나, 수강 인원이 적은 시간대에 배치될까 봐 그랬을 거야. 나처럼 미리 다 겪어뒀으면 괜찮았을텐데 말이야. 평소엔 학과장에게 순종적이던 교수들도 제과목을 쉽게 포기하지 못했어. 회의 테이블에 놓인 도시락이 식어가도록 교수들은 육두문자를 쏟아냈지.

다들 알면 놀랄 거야. 국문과 교수들이 얼마나 다채로운 비속어를 구사할 수 있는지. 그러거나 말거나 행복감에 젖은 나는 그런 모습조차 사랑스럽게 보였어. 좀 이상한 점은 있었어. 나와 골프공을 때리는 낙으로 살던 곽용권 교수가 그날따라 유난히 친절한 거야. 내 인사를 받아주질 않나, 비좁은 의자를 불편해하는 나를 위해 한 칸을 비워주질 않나. 다른 사람이 인두겁을 바꿔 쓰고 온 줄 알았지.

합의를 보지 못했지만 다음 강의 시간이 되어 다들 연구실로 돌아갔어. 도시락을 깨작거린 탓에 허기가 몰려왔지. 예나 지금이나 난 남들이 보는 앞에서 음식을 잘 먹지 못해. 쪼그려 앉아 냉장고 문을 열고 크림빵을 꺼내려는데 노크도 없이 곽용권 교수가 들어왔어. 당황해서 그 자세 그대로 인사를 했어.

아, 안녕하세요, 학과장님. 이것 좀 드시겠어요. 지금 생각해도 바보 같은 말이었지. 곽용권은 웃으며 말했어. 아이고, 우리 허자은 교수님, 배가 많이 고프신가 봐. 그런데 다른 배도 고프셨던 모양이야. 하긴 좀 오래 굶었겠어, 하고. 왜 모든 절정은 그렇게 빨리 시드는 걸까. 서사란 참 잔인한 법이야.

요지는 간단했어. 곧 내 부교수 재임용 심사가 있을 텐데 그때 괜한 망신당하지 말고 내 발로 나가라고 했어. 사유도 정해줬어. 건강으로 인한 일신상의 사유. 내 자리에 맞춤한 자기 후배가 있다고 했어. 원래 내 자리에 있어야 했던 사람이라고. 아마 나와 함께 면접을 봤던 자기 후배겠지. 순순히 꺼지지 않으면 내 정체를 학과에 까발리겠다고 했어. 그런데 내 정체가 뭐지, 생각에 빠져들자 곽용권이 혀를 차듯 말했어.

처음부터 인간이 어둑서니 같더니 이제야 그 이유를 알겠네. 고도비만의 레즈비언 교수라니. 한국도 아주 선진국이 다 됐어. 여기가 유나이티드 스테이츠 오브 아메리카야 뭐야. 꼴에 또 취향은 고급인가 봐. 박상아한테 껄떡거리다니, 코미디가 따로 없지. 그때 그의 미끈한 얼굴에서 저열한 환희가 빛처럼 흘러나왔어. 그러더니 좀 미안했는지 나 정도 이력이면 다른 시골 대학 분교쯤은 갈 수 있을 거라고 위로를 하지 뭐야. 난, 난 떠나고 싶지 않았어. 제니처럼, 예나처럼 그렇게 다른 도시로 가고 싶지 않았어.

그가 나가자마자 쥐고 있던 크림빵의 비닐을 벗겼어. 빵 뒤편의 작은 구멍으로 박상아의 입술 같은 딸기 우윳빛 크림이 삐져나와 있었어. 그곳에 입을 대고 탐욕스럽게 빨아들였어. 목구멍으로 밀려들어오는 크림 때문에 숨이 막혔어. 켁, 켁, 나도 모르게 기침을 했어. 순간 꿀렁, 하며 명치가 진동하더니 멀건 크림과 분홍 소시지, 볶음김치 조각이 바닥으로 쏟아졌어. 위액에 삭은 음식물 냄새가 코를 찔렀어. 붉고 시큼한 액체를 닦으며 나는 내 구멍이 영영 고장 나버린 걸 깨달았어. 구멍에 대한 내 연구도 막다른 골목에 도달한 거야.

그때 흥미로운 가설이 떠올랐어. 내 몸의 구멍을 채울 수 있는 것이 없다면 내 몸으로 다른 구멍을 채우면 되지 않나, 하는. 내게 가장 익숙한 구멍이 뭐였겠어. 맞아, 내 몸이 가진 세 개의 구멍. 입과 질과 항문이 만들어내는 수치스러운 것들을 모두 안고 사라지는 또 다른 구멍. 검은 지하 세계로 향하는 나선형의 통로를 가진 그 구멍이 내 연구의 결론으로 적절해 보였어.

학부 교양 강의에서 오븐에 머리를 박고 죽었다는 실비아 플라스의 이야기를 듣고 난 의아했었어. 거긴 빵을 굽는 곳이잖아. 생명을 유지하기 위한 식량, 예수님의 몸이자 우리의 일용할 양식인 빵. 생명의 음식을 만들어내는 곳에서 죽다니 이상하다고 생각했지. 게다가 난 아무래도 떡집 딸이었으니까 떡 나오는 기계에 머리를 넣는 상상을 하고 말았던 거야, 우습게도. 그러면서 생각했지, 죽음의 장소로는 오븐보단 변기가 어울릴 거라고. 매일매일 우리 몸의 일부가, 죽어버린 세포가, 무용해진 것들이 흘러 들어가는 그곳이. 어때, 내 연구의 결론이?

아, 긴 여정이었어. 변기통 위에서 울부짖던 떡집 여자의 구멍에서 태어나 그 위에서 처음으로 다리를 벌리고 소화할 수 없는 것들을 구멍 속에 흘려보내다 마침내 세상에서 소화되지 못한 내 몸으로 구멍을 메우기까지. 그래도 수미상관은 좋은 거야. 구조적으로 아름답잖아. 이제 난 내게 맞는 집, 요강이 있는 골방, 뿌리를 거꾸로 박을 자리를 찾은 거야. 좁지만 아늑하고 차갑지만 달콤할 거야. 거기로 들어가 문을 잠그고 쉬고 싶어졌어.

문신처럼 입고 다녔던 검은 재킷은 여기 벗어두려 해. 입으면 숨이 잘 안 쉬어졌거든. 그걸 벗고 숨 쉬다 보면 내 안의 검은 잎이 흘러내려 갈 거야. 내 재킷이 맘에 들면 네가 가져도 좋아. 내가 가진 것 중에 내 거라고 할 수 있는 건 망할 구멍과 그걸 가리는 데 실패한 재킷뿐이거든.

내 구멍을 채워줬던 그 모든 것을 게워내며 나는 이만 사라져. 그럼 이제 안녕. 내 마지막 제자, 정하늬.

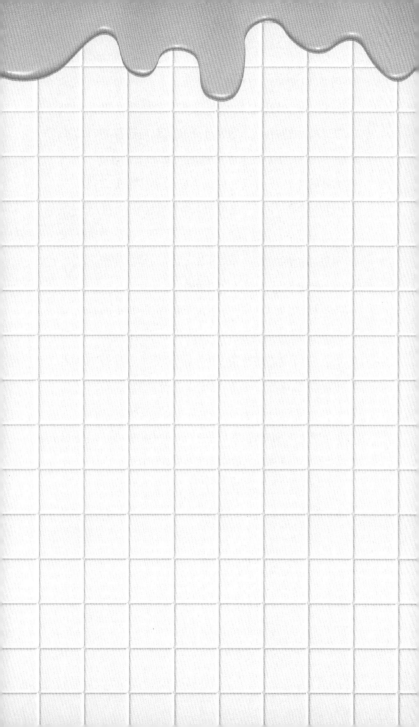

정하늬

이야기

거미 여인

먹장구름이 끄무레한 날씨, 정하늬는 세상에서 가장 안전한 성소에서 고해성사 중이었다. 그러니까 침대에서 망상을 하고 있었다는 뜻이다. 부스러기가 떨어지는 과자를 와작와작 씹으면서. 자유에 대한 그 어떤 철학자들의 정의보다 더 정확한 명제도 이곳에서 발명했다. 자유(自由) [명사] 침대에서 벌거벗은 채로 뭔가를 먹을 수 있는 것. 즉, 엄마의 시선이 부재한다는 것.

배탈 났어? 과자만 처먹더니 잘한다. 변기 물 내리지 말아봐. 아니, 새끼 똥도 못 봐? 배 아파서 어미 밥도 못 먹겠다며. 창피하긴 뭐가 창피해. 너 아기 땐 엄마가 똥도 찍어 먹어봤어. 밑이 쑥 빠져가며 키워놨더니 싸가지 밥 말아 먹은 년. 잠깐만, 너 또 피어싱 한 거니. 미쳐. 내가 소 새끼를 낳았나, 왜 자꾸 코뚜레를 해. 정 얼굴에 바느질할 거면 쌍꺼풀이나 하지. 실속 없는 년. 왜 굳이 제 아비 꼬막눈을 닮아, 닮기는.

정하늬의 가방 속부터 팬티 서랍, 하다못해 변기 속까지 들여다보려 하던 엄마의 얼굴을 생각하자 욕지기가 치밀었다. 집 근처 간호대에 가서 일찌감치 취업이나 하라던 엄마의 바람을 엿 먹이기 위해 부러 집에서 머나먼 도시 고산의 대학에 원서를 냈다. 그것도 굶는 과라는 별명을 가진 국문과로다가.

고속버스로 네 시간. 폭발을 막기 위한 모녀간의 최소 안전거리. 그에 비하면 침대란 얼마나 안전한 존재인가. 아래위로 훑어보지 않는다. 목구멍에 뭘 자꾸 처넣으려 하지 않는다. 무릎에 눕혀놓고 귓구멍을 파려 하지 않는다. 과년한 딸년의 아랫구멍 안부에 간섭하지 않는다. 본인이 얼마나 불행한지 전시하지 않는다. 질문하지 않는다. 간섭하지 않는다. 판단하지 않는다.

그렇게 본가에서 빠져 나온 후 단독자임을 만끽 중인 정하늬였다. 숙취에 찌든 몸을 뒤치자 생리혈 묻은 이불에서 누런 과자 가루가 떨어졌다. 흐음, 자유란 그 과정은 달콤하고 결과는 지저분한 물건이었다. 오늘은 근로도 안 하는 날이니 이불 빨래를 하려 했는데, 날씨를 보니 글렀다. 해태제과 크림웨하스. 엄마가 질색해서 정하늬가 열광하는 과자. 불량한 주제에 연약한, 제 몸만 부서지는 게 아니라 온 사방을 지저분하게 만드는 저력을 가진 녀석. 봉지를 뜯는 순간 정렬이 흩어지며 모서리부터 자폭하는 물건.

정하늬는 베갯잇을 툭툭 털어냈다. 그 바람에 베개 아래 파묻혀 있던 휴대폰이 드러났다. 며칠 전 술집 변기에서 떨어트려 거미줄 모양으로 갈라진 액정이 방자한 알람음과 함께 진저리를 쳤다. 고산대 국문과 4학년 단체 채팅방에 읽지 않은 메시지가 144개. 안경을 못 찾아 대신 이맛살을 찌푸린 정하늬가 엄지로 화면을 훑었다.

씨발, 그럼 우리 성적은 어떻게 되는 거야. 입에서 불을 뿜는 이모티콘과 함께 나타난 서민수. 365일 맨유 유니폼을 입고 다니는 축구광이자 토익 및 학점 관리에 목숨 거는 복학생. 그 뒤로 다다닥 답변들이 도배됐다. 그러게, 이제 종강 이 주 남았는데, 사람이 비만으로 죽을 수도 있는 거? 과사에 종수 조교님한테 전화해볼게. 이게 무슨 개소리들이야. 엄지를 빠르게 움직여 대화를 거슬러 올라갔다. 읽은 메시지와 안 읽은 메시지를 가르는 물결선 아래 학번 대표의 첫 메시지가 나타났다.

야, 특종! 허자은 교수님 돌아가셨대!!! 네 개나 찍힌 느낌표를 본 순간 입에 물고 있던 과자 때문에 사레가 들린 정하늬가 기침을 했다. 벌게진 눈으로 다시 문장을 이루는 글자 하나하나를 살폈다. 돌.아.가.셨.대. 기본형 돌아가다에 높임을 표현하는 '시'와 들은 이야기를 청자에게 간접 전달하는 종결어미 '대'의 조합. 표준국어대사전에 등재된 정의는 총 열다섯 개.

물체가 일정한 축을 중심으로 원을 그리면서 움직여가다, 이건 아니고⋯⋯. 정신을 차릴 수 없게 아찔하다, 이것도 아니고. 주로 '-시-'와 결합한 꼴로 쓰여 '죽다'의 높임말, 이거네. 아, 아닌가. 원래의 있던 곳으로 다시 가거나 다시 그 상태가 되다. 워낙 음침하던 허 교수님의 존재를 고려하면 이게 더 적절한 거 같기도 하고. 아무튼 그 거대한 존재가 더 이상 냄새나는 숨을 몰아쉬거나 터질 듯한 재킷의 단추를 끼우며 강의할 수 없게 되었다는 것을 의미하는 표현임이 확실했다.

정하늬에게 가장 먼저 도착한 것은 망했다는 기분이었다. 고산대 국문과 4학년 아웃사이더이자 인문대 문학 동아리 사포―원래는 그냥 '문동'이었지만 정하늬의 취임과 함께 개명했다―의 회장, 고산대학문학상 소설 부문 대상에 빛나는 정하늬. 학부 조기졸업과 대학원 입학을 목전에 둔 정하늬는 석사 지도교수로 허자은을 선택했다. 정하늬의 대학원 지원은 동기들 사이에서도, 교수들 사이에서도 화제를 모았다. 동기들의 놀림은 예상했던 것이지만, 막상 입학지원서를 받아든 조교 이종수까지 놀란 토끼눈을 했다. 뭐야, 자기도 허 교수님 제자면서. 혹시 그동안 자기가 유일한 제자였는데 내가 끼어들어서 싫은 건가. 근데 뭐 곽용권 교수님도 아니고 허자은 교수님 제자 자리 놓고 경쟁할 필요가 있나.

뚱해진 정하늬를 보며 이종수가 차분하게 설득을 했다. 네 학점 정도면 수도권 대학 석사과정에 지원해도 충분할 거다. 굳이 우리 대학원을 오고 싶다면, 그래, 말리진 않겠지만 선배로서 책임은 못 진다. 뭐야, 이 오빠. 오바가 육바네. 누가 책임져달랬나. 콧방귀를 뀌던 정하늬도 알고 있었다. 이과천국 문과지옥. 자녀의 적성검사 결과가 문과 성향으로 나오면 엄마들이 오열한다는 이 문송한 시대. 인문대 탈출은 지능순이며 그래도 가방끈을 수선하고 싶다면 수도권으로 가야 한다는 걸. 대학원생 고갈을 겪고 있는 건 명문대도 마찬가지였으니까.

하지만 정하늬는 허자은의 지도를 받고 싶었다. 어차피 이 길로 가도 거지, 저 길로 가도 거지라면 체질에 맞는 장르의 거지로 사는 걸 택하고 싶었다. 그리고 정하늬의 체질은 문학하는 거지였다. 헛것에 길을 들인 나쁜 입맛의 거지. 그래서 자꾸 헛것만 폭식하는 거지. 아무리 적막의 아가리에 텍스트를 처넣어도 허기를 면하지 못하는 거지. 정하늬가 보기에 허자은도 자신과 식성이 같은 부류였다. 아, 물론 허자은이 의외로 있는 집 출신이란 소문은 들은 적 있었다. 참기름 냄새만큼 돈 냄새가 고소했다는 떡집 딸과 국산 참기름이라곤 바코드만 찍어봤지 혀끝에도 못 대본 마트 캐셔 딸이자 전직 편의점 알바와 처지가 같진 않겠지. 근데 그러니까 참기름 냄새를 더 기막히게 상상하고 묘사할 수 있지 않을까?

채팅방에 새 메시지 하나가 날아들었다. 우리 작가님 어떡해. 그러게. 정하늬 곧 대학원 입학 아니냐. 걱정하는 척하면서 먹이는 족속들. 대학문학상 하나 받았다고 동기들은 그를 작가님이라 불렀는데, 그 말을 들을 때마다 정하늬에게 도착하는 감정은 똥물을 뒤집어쓴 듯한 모욕감이었다. 씨발. 작가는 카프카랑 도스토옙스키가 작가지, 왜 나한테 작가래.

오히려 잘된 거지, 새로운 교수님 오실 테니까. 그 전에 특강 오셨던 노상현 강사님이 후임으로 오시면 좋겠다. 말도 졸라 잘하고 생긴 것도 훈훈하잖아. 슈트 핏도 쩔고. 야, 말조심해, 유부남이야. 진짜? 개같이 실망. 근데 우리 사포님은 소설을 전공하고 싶었던 게 아니라 허 교수님을 전공하고 싶었던 거 아냐?

사포는 정하늬의 별명이었다. 사포같이 까칠하다는 게 첫 번째 이유. 인문대 문학 동아리 사포의 회장이라는 게 두 번째 이유. 애초에 사포라는 동아리 명도 중의성을 노리고 짓긴 했다. 유리 가루 바른 종이처럼 까칠한 동아리, 그리스 시인 사포를 흠모하는 동아리, 연애 결혼 출산 인간관계를 포기한 사포세대의 동아리.

하여간 문학하는 인간들은 변태 중의 상변태라니까. 그 개떡 같은 강의도 정하늬 혼자 열심히 들었잖아. 정하늬는 앞의 문장에는 동의했지만 뒤의 문장에는 동의하기 어려웠다. 개떡 [명사] 못생기거나 나쁘거나 마음에 들지 않는 것을 비유적으로 이르는 말. 허자은의 강의는 개떡 같지 않았다. 추했지만 나쁘지 않았고 정하늬의 마음에 들었다. 학생들의 눈 대신 구두를 보며 강의하고, 더듬지 않는 말보다 더듬는 말이 더 많았지만 적어도 문학을 대하는 그의 태도는 문학적이었다. 어리석고 아름다웠단 뜻이다. 문학의 제단에 스스로를 바친, 꽤나 거대한 크기의 봉헌물 같았달까.

솔직히 대학 교수들의 문학 강의란 대형 베이커리 카페 서가에 꽂힌 가짜 양장본 같았다. 금박은 화려한데 열어보면 텅 빈 가짜 책. 강의실 문이 닫히는 순간 담배 연기처럼 휘발되는 말들. 의도의 오류? 러시아 형식주의? 비유와 상징? 탈식민주의? 이광수에서 염상섭으로, 김승옥에서 다시 이청준으로, 거 맨날 길 떠나서 성장하는 문학사의 적자[嫡子]들?

그보다 중요한 건 문학을 대하는 선생의 태도다. 강의실에서 만난 허자은은 애초에 멸종된 줄 알았던 문학의 숭배자였고, 정하늬는 그게 마음에 들었다. 물론 학생들 눈에 허자은은 그 어떤 광대보다 더 엄숙 근엄 진지해서 우스운 광대일 뿐이었지만. 그들은 강단에 선 허자은을 개떡같이 주물렀다. 중간 강의평가에 똥물을 튀기는 정도는 약과였다. 오픈 북으로 치러진 중간고사 이후 강의실 분위기는 더욱 어수선해졌다.

문학사의 전개와 발맞추어 흘러가는 주차별 강의계획서에 의거, 학기말 허자은의 강의에는 80년대 이후 소설들이 등장하기 시작했다. 전자 담배는 사도 책은 절대 사지 않는 수강생들을 위해 허자은은 소설 원문의 일부를 삼십 부씩 복사해 왔다. 이종수의 증언에 따르면 허자은은 부임 이래 단 한 번도 복사 심부름을 시키지 않았다. 근로장학생인 정하늬 역시 익히 보아 알고 있는 사실이었다. 곽용권 교수가 복사 심부름을 승은 내리듯 하는 것과는 정반대였다.

하지만 학생들은 그 두툼한 종이 뭉치를 탐탁치 않아했다. 야, 허 교수님 왜 자꾸 이상한 외국 작품 가르쳐? 대표적인 허자은 혐오자 서민수의 공격. 그치, 한국 거도 이상한 스타일만 들고 오고. 통사랑 한국소설사에 없는 내용뿐이야. 난 시험공부 삼아 듣는 건데 이거 뭐 완전 기만이네. 공무원시험을 준비 중인 김재일의 어시스트. 솔직히 까놓고 말해서 허 교수님 수업 전필도 아니잖아. 그냥 불쌍해서 들어주는 건데 진짜 역하다. 유난히 동정심이 많은 박영민의 드리블. 심지어 어제는 무슨 베네치아에서 거미 여자랑 핑거 플레이하는 거에 꽂혀서 혼자 세 시간 떠들었잖아. 젠장. 왜 그런 걸 듣고 있어야 되나 현타 오더라. 너넨 안 그래? 현자 신나래의 롱패스.

퀴어 비평에 대해 설명하던 허자은이 언급한 「베네치아에서의 죽음」『거미 여인의 키스』『핑거스미스』를 얘기하는 모양이었다. 평소대로라면 신나래의 귓구멍엔 에어팟이 꽂혀 있었을 텐데도 노이즈가 틈입한 모양이었다. 얘들아, 말 나온 김에 우리 그거 할래? 보이콧? 서민수의 파이널 블로. 그게 뭔데? 거부. 단체로 강의 거부하자고. 솔직히 언제까지 그런 버벅대는 강의를 들어줘야 하나. 취업하곤 아무 상관도 없는데. 그러다 다른 교수님들한테 찍히면 어떡해. 나 곽용권 교수님한테 추천서 받으려 그랬단 말이야. 허 교수님 수업 보이콧하면 추천서 더 잘 써주실걸. 그건 그렇네. 그럼 당장 모레 수업부터 들어가지 말까? 난 찬성. 나도 찬성. 우르르 쏟아지는 동어반복에 평소 침묵으로 일관하던 민수린까지 동참했다. 다들 그러면 대세에 따를게. 정하늬는 한숨을 쉬며 엄지를 움직였다.

난 반대. 약간의 휴지. 오오, 역시 정하늬. 허 교수님 일인 팬클럽 회장다운데. 야, 너희 진짜 강의가 나빠서 보이콧하는 거야? 그럼 그 강의가 안 나빠? 박준구 교수님은 강의 시간 내내 야당 욕이랑 출산율 걱정만 하는데 왜 보이콧 안 해? 자기가 대통령인 거처럼, 우리 자궁도 자기 물건인 거처럼 지껄이잖아. 그리고 곽용권 교수님도 맨날 휴강하잖아. 그건 외부 강연이랑 출장이 많으시니까 그렇지.

취업이 급해진 4학년이 되면 다들 곽용권 교수의 수업을 열심히 들었다. 예나 지금이나 국문과 학생들은 만성 취업난에 시달리고 있었다. 마음에 든 학부생을 콕 찍어 출판사나 지역 방송국에 알음알음 줄을 대주는 곽용권은 인기가 많았다. 물론 그러느라 공사가 다망한 그는 교수학습법 개선 노력을 한다는 핑계로 이러닝만 틀어주고 실제 강의는 뻑하면 휴강이었지만 치킨과 피자를 돌려 입막음을 한 덕에 강의평가는 늘 5점 만점이었다. 반면 허자은의 고학년 수업은 종종 정원 미달로 폐강되기 일쑤, 바닥인 강평 점수도 학교 포털 전체에 공시되곤 했다.

기분이 더러워진 정하늬는 와다다닥 글자를 입력했다.

암튼 서민수 너 웃겨. 문학개론 발표 때 카프카의 『변신』은 명작이라며. 남자가 벌레 되는 작품은 괜찮고, 남자가 남자 사랑하는 건 안 돼? 그레고어 잠자가 수컷 벌레 된 건 확실해? 만약 암컷 벌레가 된 거면? 그럼 트랜스젠더 문학인 거잖아. 트랜스 휴먼도 겸해서. 씨발, 그리고 거미 여인이 뭐가 어때서. 존나 순하고 처연하게 사랑을 갈구하는 그 인간의 어디가 유해해? 너 그냥 허자은 교수님이 만만한 거잖아. 어디서든 걷어차고 놀 축구공은 필요하니까.

채팅방은 침묵으로 들어갔고 보이콧 계획은 유야무야되었다. 대신 보이콧을 하는 게 나았겠다 싶을 정도의 무례함이 강의실이란 비커 속에서 무럭무럭 배양되어갔다. 학생들은 허 교수, 아니 눈앞에 보이는 인간의 몸뚱이에 대해 침묵하는 법을 알지 못했다. 나름 국어국문학과 학생이면서도 「소나기」와 「봄봄」 외엔 읽은 소설도 없는 것들이, 허 교수에 대해 비평할 땐 신춘문예 평론 부문에 소년 등과 한 당선자들처럼 굴었다. 프릭쇼를 보듯 나날이 부풀어가는 허자은의 몸을 구경하고 조롱했다. 그 작태에 정하늬는 구역질이 났다. 잔인한 것들. 타인의 껍데기를 비웃는 것들. 제 쾌락의 형식만이 유일한 줄 아는 것들. 입속에 아무 것도 물지 않고 태어난 것들. 한 번도 태어나보지 못한 채 죽어갈 것들.

허 교수의 강의는 그런 취급을 받을 종류의 것이 아니었다. 허자은의 거대한 몸을 이루는 검은 페이지들을 정하늬는 목격했다. 검은 잎을 물고 태어난 자들은 그들끼리 알아보는 법. 정하늬는 자신이 허자은의 수업을 하나 더 듣고 있다는 이야기를 비밀로 했다. 원래 이번 학기 허자은의 강의는 하나가 더 있었다. 한국현대소설강독. 정하늬 혼자 신청했지만 학생 한 명으로는 개설해줄 수 없다는 이유로 폐강되었다. 의무 강의 시수를 채우지 못할 위기에 처한 지도 교수를 가련히 여긴 이종수가 교무처에 전화해 사정해봤다. 하지만 학사 운영의 효율성을 내세운 직원의 응대는 빈틈이 없었다.

1학기 개강 직전, 정하늬는 용기를 내 허자은의 연구실을 찾아갔었다. 노크를 했지만 안에선 아무 기척이 없었다. 문 위쪽으로는 형광등 불빛이 새어 나오고 있었다. 망설이다 문고리를 돌려 열었다. 비통하면서도 장엄한 선율이 흘러나왔다. 믿을 수 없이 추운 연구실 안쪽에 허자은이 앉아 있었다. 검은 표지의 책 옆에 카스텔라 껍질이 널브러져 있었다. 저걸로 식사를 때우시는 건가, 라테라도 한 잔 사 올걸 그랬나.

침입자를 눈치 챈 허자은의 꼬막눈이 마구 흔들리며 깜박였다. 불쑥 들어와서 죄송합니다. 저 교수님 폐강된 강의를 듣고 싶습니다. 당돌한 목소리로 정하늬가 말했다. 긴 침묵 끝에 허자은이 의자에서 기우뚱 일어섰다. 차가운 시멘트 바닥에 몸을 찧는 구두굽이 앓는 소리를 냈다. 냉장고로 느리게 걸어간 허자은이 큰 몸을 오므렸다. 그 안에서 흰 우유를 꺼내 건네며 그가 말했다.

그, 그럼, 정하늬 학생, 우리 금요일 밤에, 볼까요. 강독 교, 교재는, 주, 죽음의 한 연구. 우유갑을 들고 있는 재킷 손목에 음모 같은 실밥이 한 가닥 터져 나와 있었다. 네, 교수님, 감사합니다. 열심히 하겠습니다. 그런데 이 곡 제목이 뭔가요. 아름다워서요. 코, 콜, 니드라이입니다. 소, 속죄의 날 부르는 히브, 히브리 성가입니다. 흐느끼는 듯한 첼로의 선율이 정하늬의 발목을 느리게 휘감았다. 끈적한 검은 물속으로 잠기는 느낌이었다.

그 후로 매주 금요일 밤마다 콜 니드라이가 흐르는 허자은의 연구실에서 일대일로 수업을 받았다. 그걸 수업이라고 해야 할지, 침묵이라고 해야 할지는 애매했지만. 허자은이 소설의 한 문장을 읽으면 정하늬가 다음 문장을 읽었다. 그러고 나면 긴 침묵 후에 허자은이 그다음 문장을 읽는 식이었다. 강독이라기보다는 낭독이었지만 정하늬는 그 수업이 마음에 들었다. 다른 동기들도, 이종수도, 학과의 그 누구도 모르는 사실이었다. 인문대 1동 404호. 그곳에서 정하늬와 허자은만의 문학 수업이 있었다는 것.

어느 금요일 밤, 소설을 쓰고 싶다는 정하늬에게 허자은은 말했다. 거, 거짓말이 차, 참말보다 미학적으로 아름답지요. 구, 구조적으로 완결되어 있기도 하고, 사실은 나, 나도 하나 쓰고 있어요. 정말요? 교수님, 제목이 뭔가요. 그렇지 않아도 왜 등단 이후론 창작 안 하시나 했어요. 제, 제목은, 연, 연구예요. 내, 내 죽음의 한 연구. 아, 네. 검은 잎을 물고 태어난 자가 쓸 만한 소설 제목이었다. 그, 그런데 하늬 학생은 왜 피어싱을 해요. 여, 염증이 생긴 거 같은데. 아, 이거요. 그냥 제 몸에 구멍을 뚫으면 시원해요. 몸? 귀, 귓불 말고 다른 데도 있어요? 네, 여기 귀 연골에도 있어요. 피어싱하는 부위마다 다 이름이 있거든요. 여기는 헬릭스라고 부르고, 여기는 아우터 컨츠, 여기는 스너그, 여기는 안티 트라거스……. 다 이름이 있어요. 그, 그렇군요. 구, 구멍마다 이름이 있군요. 저 사실 콧볼에도, 니플에도, 배꼽에도, 혀에도 있어요. 혀, 혀에도? 네, 여기요. 정하늬는 혀를 날름 내밀어 보였다. 허자은의 꼬막눈에서 번쩍 불이 일어났다.

혀는 항상 침이 고여 있으니까 무조건 염증이 생긴다고 보면 되거든요. 피어서들도 아플 거라고 잘 안 해주려 해요. 감각 돌기가 많은 데니까요. 암튼 한 삼사 일은 막 열이 나는데, 붓고 아파서 잠도 못 자요. 그때 진물이며 고름이며 지저분한 애들이 쏟아져 나오죠. 더럽게 들리시겠지만 전 오히려 깨끗해지는 느낌이 들어서 좋아요. 그, 그렇군요.

교수님, 저는요, 나중에 돈 벌면 스플릿 텅도 할 거에요. 혀끝을 뱀 혀처럼 와이 자로 가르는 피어싱이 있거든요. 뱀 눈처럼 혀 양쪽에 볼도 박을 거예요. 실밥 푸는 데 일주일, 발음 돌아오는 데 한 달 정도 걸린다는데 그거까지 해보고 나면 개운해서 더는 안 해도 될 거 같아요. 아, 알 것도 가, 같아요. 더, 더러운데 깨, 깨끗하다는 거. 허자은이 고개를 끄덕였다. 의외의 반응에 정하늬가 신이 나서 덧붙였다. 그리고 구멍이 다시 막히지 않게 계속 뭘 넣어보는 것도 재밌어요. 이게 뚫는 거 자체보다 막히지 않게 유지하는 게 관건이거든요. 그래서 구슬이든 바벨이든 계속 넣어둬야 해요. 아, 이, 일종의 연구군요. 구, 구멍에 대한 연구. 허, 허무에 대한 연구.

교수님이 드디어 연구를 끝내신 건가. 아니, 시작하신 건가. 정하늬는 침대에 누운 자세 그대로 마지막 크림웨하스를 혀 위에 올렸다. 침과 만난 연한 조직이 녹아내리며 혀를 감쌌다. 그 맛을 최대한 온전히 감각하려 미간을 찌푸리며 정하늬가 메시지를 썼다. 우리도 부의금 내는 게 어때? 삼만 원씩 걷으면 내가 이종수 조교님께 전달할게. 내일 근로하는 날이니까.

시끌시끌하던 채팅방이 갑자기 고요해졌다, 순식간에 사라져버린 웨하스처럼. 약간의 침묵 뒤에 누군가 말했다. 만원이면 되지 않아? 우리 서른 명이니까 그럼 삼십만 원 되잖아. 그래, 허 교수님 강의 그동안 들어드린 걸로 우린 충분히 성의를 표한 거지. 등록금 내고 그런 걸 참은 우리가 비위 갑 아니냐. 돈은 내고 싶은 사람 자유에 맡기자. 그래, 그게 좋겠다. 자유롭게 하자, 자유롭게. 다들 무수한 이응이응을 날리며 동의를 표했다. 자유? 씨발. 흥분한 정하늬가 한숨을 몰아쉬며 중얼거렸다. 아버지, 저들은 자기들이 하고 있는 일을 알지 못합니다.

그 바람에 들고 있던 휴대폰이 정하늬의 이마 위로 떨어졌다. 하지만 맥도날드 알바를 빼는 데 실패한 정하늬도 조문을 가지 못했다. 매니저한테 밉보일 순 없었다. 정하늬는 여차하면 맥도날드에 뼈를 묻을 각오를 하고 있었다. 선배들을 보면 길은 빤했다. 공무원 준비, 티브이나 라디오 새끼 작가, 군소 출판사나 잡지사 노예, 혹은 프리터를 빙자한 백수, 배달말을 잘 배운 배달의 민족 라이더. 그러느니 차라리 맥도날드 크루가 되는 게 나았다. 고등학교 때부터 맥도날드는 정하늬에게 나이스한 미국식 미소와 함께 정확한 시급을 제공해왔기 때문이다. 낮에는 패티 굽고, 밤에는 글을 굽고. 현대 한국의 신자유주의 버전 주경야독. 나쁘지 않을 것 같았다.

　마음 한구석이 찜찜하긴 했지만 조문을 가지 않은 건 학과 교수들도 마찬가지라고 했다. 유일한 지도제자인 이종수 혼자 대표로 다녀왔다고. 그 말을 듣고 정하늬는 청승조객(靑蠅弔客)이란 고사성어를 떠올렸다. 죽어서 아무도 조상(弔喪)하는 사람이 없고 다만 금파리만이 조문함. 그럼 우리 이종수 조교님이 금파리인가. 관에 누워서도 책을 읽고 있을 것 같은 허자은. 지난달 문학의 밤 행사에서 노래방 책을 읽고 있던 그를 떠올리며 정하늬는 그날 밤을 회상하기 시작했다.

문학의 밤

고산대 국문과에는 미풍양속—전통문화 실습 목적의 고사 지내기, 극적으로 서른 전에 취업한 선배들을 금의환향시켜 벌이는 취업 콘서트, 짝선배와 맞담배를 피우는 단란한 문화 등—이 많았지만 그중 제일은 역시 계절의 여왕 5월에 열리는 문학의 밤 행사였다. 학부 4학년 학생들과 교수들, 문학 전공 대학원생들이 수원의 한 콘도에서 1박 2일간 합숙하며 자작시나 비평, 졸업논문 계획 등을 발표하는 자리였다. 행사를 준비하는 조교 이종수를 도와 근로장학생인 정하늬 역시 숙소 예약과 음식점 검색, 발표문을 제출하지 않은—대부분의—학부생 독촉에 정신이 없었다.

정하늬가 근로장학생으로 일하는 까닭은 돈 때문만은 아

니었다. 대학원 진학을 염두에 두고 있는 졸업반 학생이라면 대개 한 학기 전부터 학과사무실에서 일하며 일종의 예방주사를 맞아두는 것이 관행이었다. 수영장에 들어가기 전 물로 심장 부근을 적시는 것처럼 대학원 사회의 개성적 문화를 팔다리에 적셔둘 필요가 있었다. 말이 근로장학생이지 실제로는 새끼 조교나 다름없었다. 다섯 명의 교수 수와 학번당 서른 명의 학부생, 중국 유학생이 다수를 차지하는 대학원생에 이런저런 프로젝트까지 감안하면 사실 조교 한 명으로 학과를 굴린다는 것은, 음, 뭐랄까, 믹스커피만 먹고 마라톤을 뛰라는 격이었다. 그리고 그 어려운 걸 이종수가 해내고 있었다. 흥미로운 것은 정식으로 학교 본부에 등록된 국문과 조교가 두 명이라는 사실이었다.

곽용권의 박사과정생 임경규. 그는 곽용권의 외부 강연 일정을 조정하고, 유튜브를 편집하며, 운전을 도맡는 등의 매니저 업무로 분주했기에 학과 일을 할 시간이 없었다. 조교라는 투명 감투를 쓰고 몸으로는 밭을 가는 노비. 본부에서 임경규에게 지급하는 조교 월급은 현금으로 인출된 뒤 학과 통장—이라고 쓰고 곽용권의 통장이라고 읽는 곳—으로 입금되었다. 근로장학생 정하늬가 최근 통장을 정리하다 알게 된 사실이었다.

수원으로 향하는 관광버스에서 정하늬는 허자은 교수

의 건너편 자리에 앉았다. 붙임성 좋은 몇몇 학생은 교수님, 교수님, 하며 곽용권을 비롯한 교수들의 옆자리를 차지했다. 허자은 교수 옆에 앉으려는 학부생은 아무도 없었다. 아, 물론 학번 공식 아웃사이더인 정하늬 옆에도. 척 봐도 시즌 신상인 골프웨어나 아웃도어 브랜드 티셔츠 차림의 교수들과 달리 허자은은 늘 입던 검은 재킷 차림이었다.

5월 날씨라곤 믿기지 않을 만큼 무더웠던 탓에 허자은의 인중과 관자놀이에선 땀방울들이 속수무책으로 배어 나오고 있었다. 열어둔 유리창의 바람결을 따라 시큼한 냄새가 정하늬의 코에 도착하려던 찰나, 그 모든 것을 뒤덮을 만한 압도적인 머스크 향이 미간을 때렸다. 츄파춥스를 빨고 있던 정하늬의 옆에 박상아가 와 앉은 것이다.

안녕, 네가 정하늬지? 다음 학기부터 허자은 교수님 팀 들어온다는 애. 난 곽용권 교수님 팀 대학원생 박상아야. 일단 지원은 했는데 아직 합격한 건 아니고요. 당연히 합격하겠지. 너 글 잘 쓴다고 소문났던데, 무슨 동아리 장이라며. 아, 네. 사포라고 그냥 몇 명 모여서 글쓰기 하고 세미나 하고 뭐 그런 동아리예요. 사포, 멋지다. 나도 거기 끼워주면 안 되니. 안 될 건 없지만 학부생들만 있는데 괜찮으시겠어요. 대학원에도 세미나는 많잖아요. 음, 그게, 아무도 날 안 끼워주거든.

바늘 하나 들어갈 틈 없이 착 붙는 구찌 티셔츠 속 박상아의 상체가 정하늬에게 기울었다. 반지하 거주자나 자취생은 절대 입을 수 없는 흰색 티셔츠. 공용 빨래방을 거친 옷들은 퀴퀴한 누런색이나 잿빛으로 수렴되고 만다. 그런 고로 정하늬의 다 무너져가는 다이소 왕자행거도 검은 옷 천지였다. 프린터 오류로 검게 현상된 서류처럼. 동기들은 그런 정하늬를 역시 허 교수의 팬답다며 흑의민족이라 놀리곤 했지만.

상대의 몸이 지나치게 가까워졌다 싶은 순간 정하늬의 심장이 빠르게 뛰기 시작했다. 뭐야, 왜 눈치 없이 나대는 거야. 이런 미인은 네 스타일 아니잖아. 너무 예쁜 얼굴은 지루한데. 근데 인간이 어떻게 얼굴에 땀구멍 하나가 없지, 징그럽게. 고무 인형이야 뭐야. 구멍 없는 인간이 가능해? 정하늬의 생각을 읽은 듯 박상아가 립글로스로 촉촉이 젖은 입술을 벌리며 웃었다. 여기, 저도 엄연한 구멍을 가지고 있다는 듯이. 하지만 생크림 바른 격자무늬 와플처럼 희고 고른 치아 때문에 안쪽이 전혀 들여다보이지 않았다. 박상아의 입술이, 피어싱의 무게로 축 처진 정하늬의 귓불 근처로 다가와 달콤하게 속삭였다. 다들 허 교수님 옆에 안 앉는 거랑 같은 이유지.

콘도 세미나 홀에서 학부생들의 발표가 이어졌다. 민족

문화의 계승과 창달을 표방하는 국문과답지 않게 구글에서 긁어 온 자료들의 거대한 콜라주에 가까운 발표문들이었다. 그래도 국문과 짬밥 사 년 차들이라 별 거 아닌 걸 부풀려 길게 쓰는 능력은 제법이었는데, 그걸 또 일일이 경청하고—말을 더듬으면서도—논평해주는 이는 허자은 교수뿐이었다.

그러느라 일정은 하염없이 늘어졌고, 허기와 지루함에 지친 사람들은 사나운 표정을 숨기지 못했다. 예정보다 한 시간이나 늦게, 이종수가 예약해둔 수원 왕갈비집에서 저녁 식사가 시작되었다. 지금은 헤어졌지만 비건 지향자였던 애인—사포의 부회장이었다—과 동거하면서 육고기를 줄였던 정하늬는, 앞에 놓인 빨간 콩나물을 안주삼아 소주잔을 빠르게 비워냈다. 동기들은 잘 아는 자작 습관이었다. 인생은 자작극, 내 잔은 내가 채운다, 그게 정하늬의 첫 번째 좌우명이었다.

멀찍이 앉았던 나상수 교수가 흐뭇한 표정으로 정하늬를 바라보다 말을 걸었다. 우리 근로장학생 주량이 제법이네. 하긴 문학 하려면 술 담배가 기본이지. 아까 휴게소에서 보니 담배도 기막히게 맛있게 피우던데. 아, 네. 감사합니다, 교수님. 학생 이름이 정하니 맞지. 아닙니다. 하니 아니고 하늬, 정하늬입니다. 하늬바람 할 때 그 하늬 말인가. 네. 그렇군. 서쪽에서 부는 바람이라. 아일랜드 사람들 말로는 서풍이 불 때 태어난 아이들은 검소한 인생을 산다던데, 이름과 달리 행색은 화려하구먼. 아무리 작가 지망생이라지만 온몸을 텍스트로 만들 필요가 있나. 나상수가 정하늬의 팔목에 새겨진 타투를 가리켰다. 근데 그 문구는 불어인가, 무슨 뜻이지? 정하늬가 옷소매를 내려 그것을 가리며 말을 돌렸다. 국가장학금 1분위 가정 출신이니 검소하긴 무척 검소합니다. 분위기가 어색해졌다.

곽용권 학과장이 껄껄 웃으며 끼어들었다. 뭐, 문신과 피어싱도 자기표현이라면 자기표현이니까. 문학이란 결국 자기표현 아니겠나. 참, 자네 허 교수님 밑으로 지원했다지. 드디어 우리 이 조교도 후배가 생기겠군. 갈비 한 점 입에 못 넣어보고 곽용권의 휴대폰으로 뭔가를 하느라 정신없던 이종수가 얼른 고개를 들며 기계적인 미소를 지었다. 네, 학과장님. 아, 그리고 말씀하신 부킹 성공했습니다.

이종수가 조심스럽게 곽용권에게 휴대폰을 건넸다. 흐뭇한 표정으로 곽용권이 고개를 끄덕였다. 요새 개나 소나 골프를 치는 통에 경쟁이 심해서, 이거 원 나이 든 사람들은 손가락이 느려서 골프장 부킹도 못 한다니까. 역시 우리 이 조교는 못하는 게 없어. 아, 저번에 우리 어머니 위해서 나훈아 콘서트도 예매해줬다니까, 무슨 매크로인가 써서. 하여튼 젊은 사람들은 대단해. 우리 같은 늙은이들은 그저 젊은이들이랑 친하게 지내야 해. 입은 다물고 지갑은 열고. 곽용권은 자신의 말을 정확히 반대로 수행하는 능력이 있었다.

희미하게 웃던 이종수가 꿇은 무릎으로 허자은 교수에게 다가가 빈 잔을 채웠다. 수저도 들지 않은 채 어색하게 앉아 있던 허자은이 화들짝 놀랐다. 옆에 앉았던 김태진 교수와 학부생은 딴청을 피웠다. 아까부터 허자은이 심할 정도로 땀을 흘리고 있던 것을 정하늬도 알고 있었다. 멀찍이 있는데도 재킷 겨드랑이의 둥그런 땀자국이 보일 정도였다. 십 분 이상 좌식을 하고 있는 것 자체가 허자은의 몸에는 극기에 가까워 보였다. 강의 중엔 최소한의 움직임을 견지하는 그녀였지만 강의실을 드나들 때 절뚝거리는 무릎은 숨길 수 없었다.

손수건을 꺼내려 재킷 주머니를 뒤지던 허자은이 멈칫하며 두 손으로 잔을 받았다. 오른손 엄지와 검지 사이에 작고 딱딱한 흉터가 박혀 있었다. 꼭 발바닥에 박인 티눈처럼 생긴 그것을, 정하늬는 동거인의 손에서도 본 적이 있었다. 함께 야식을 시켜 먹고 나면 탄산을 페트병 째 들이켠 후 창문 없는 화장실로 뛰어가던 아이. 일부러 큰 소리로 핑크 플로이드의 음악을 틀어주던 정하늬. 작은 원룸에 울려 퍼지던 8번 트랙 〈In The Flesh〉. 12번 〈The Trial〉을 지나 마지막 트랙인 〈Outside The Wall〉로 넘어갈 때쯤 핼쑥한 얼굴로 문을 열던 아이.

좌중의 시선이 허자은에게 충분한 수위로 집중되었다는 것을 간파한 곽용권이 물 한 방울을 똑 떨어트리듯 말을 보탰다. 우리 허 교수님, 여전히 돼지를 못 드시네. 아니, 그렇게 깨작거려서야 질량보존 하시겠습니까, 허허. 좌중의 웃음이 물잔의 입술 위로 흘러내렸다. 정하늬가 입술을 깨물었다. 아아, 주여, 원수의 목전에게 상을 차려주시고 기름을 머리에 부으셨으니 그의 잔이 넘치나이다. 허자은이 교수들 사이에서 공공연한 왕따라는 것을 정하늬도 알고 있었지만 학부생이다 보니 이렇게 오랜 시간 그것을 관람할 기회는 없었다.

돼지고기도 못 먹는 사람을, 무릎도 안 좋은 사람을 여기 이렇게 좌식 갈빗집에 처박아놓고 놀려먹는다고? 같은 것을 혐오하는 자들의 미소는 어찌도 이리 은은한가. 허자은은 도대체 무슨 생각으로 이 행사에 따라온 걸까. 어떤 수모를 당할 줄 모르고? 아니, 당할 줄 알아서? 혹은 수모를 감수할 만한 무언가가 여기 있어서?

애들이 찧고 까부는 대로 정말로 허자은 교수는 제자인 이종수를 짝사랑하는 걸까. 비위 좋은 이종수가 박사학위를 위해 그걸 참고 있는 걸까. 설마. 정하느는 술맛이 뚝 떨어졌다. 사람들의 반응에 흥이 오른 곽용권이 액셀을 밟았다. 자, 그럼 여기 이 떡이라도 드셔보세요, 우리 허 교수님 댁 떡만은 못하겠지만. 때마침 종업원이 가져온 떡 사리 그릇을 내밀며 곽용권이 말했다.

당황한 허자은이 눈을 깜박거렸다. 자, 어서 자셔보세요. 아니, 왜 안 드세요. 다들 보고 있잖아요, 어서요. 한 입만 드셔보시라니까요. 동료 교수가 이렇게 권하는데 거참 너무하시네. 재킷 속에 갇혀 있던 허자은의 한쪽 팔이 그릇을 향해 내밀어지려는 순간, 곽용권 옆에 앉아 있던 박상아가 말했다. 놀이공원 솜사탕처럼 달콤한 목소리.

학과장님, 저 학과장님 노래 듣고 싶어요. 저번에 방송 보니까 노래 엄청 잘하시던데요. 정하느도 본 적이 있었다. 지역 방송 프로그램 〈인문학의 향기〉에서 한국문학과 K-팝의 관계에 대해 열강 하던 곽용권은 능란한 제 언변에 흥분해 절정에 오르면 이따금 K-팝을 흥얼거리곤 했다. 허자은의 손이 공중에서 흔들렸다. 그 바람에 손등의 흉터도 파르르 떨리는 것처럼 보였다. 아, 마침 근처에 노래방이 있는 걸 사전 답사 때 확인했습니다. 제가 바로 가서 세팅해놓겠습니다. 천천히 오십시오. 와, 역시 우리 조교님. 학부생들은 이종수의 말이 끝나기가 무섭게 박수를 치며 일어섰다. 불판 위에서 타들어가던 돼지 왕갈비만이 겸연쩍게 허자은의 곁을 지키고 있었다.

스무 명 가까이 입실했던 노래방엔 한 시간도 안 돼 다섯 명의 교수와 이종수를 포함한 대학원생 서너 명 그리고 정하늬만 덩그러니 남았다. 피처 맥주를 들이켜며 교수들의 트로트 메들리를 들어주던 학부생들이 하나둘 눈치를 보며 숙소로 돌아갔기 때문이다. 아마 자기네들끼리 둘러앉아 편하게 마시려는 거겠지, 생각하며 주섬주섬 가방을 집던 정하늬는 이내 자신에게 그럴 자유가 없다는 걸 깨달았다.

어이, 거기 문신녀. 넌 대학원 원서 냈으면 이미 대학원생이야. 가지 마, 가지 마, 여기 남아. 그새 거나하게 취한 나상수 교수가 노래방 문을 막아섰다. 한국어의 존대법 연구하시는 분이 거참 말이 짧으시네. 정하늬는 빡친 표정을 숨기지 않았다. 잠자리 눈 같은 미러볼이 부지런히 몸을 굴리며 현란한 조명을 뿌렸지만 분위기는 사그라든 상태였다.

정하늬는 구석에서 노래방 책을 읽고 있는 허자은 교수를 바라보았다. 아무도 그에게 노래를 권하지 않았는데 아까부터 무슨 이론서 읽듯이 정독을 하고 있었다. 노래하는 허자은이라. 공상이 취미, 상상이 특기, 망상이 필살기인 정하늬에게도 잘 그려지지 않는 광경이었다. 자, 먼저 노래 얘기 꺼냈던 우리 상아도 한 곡 해야지. 그럼요, 학과장님.

박상아가 빼지 않고 바로 리모컨을 들어 버튼을 눌렀다. 세일러문의 마술봉 같은 탬버린을 치며 〈당돌한 여자〉를 부르는 박상아를 보고 교수들은 침을 꿀꺽 삼켰다.

그 풍경은 뭐랄까, 세상에서 가장 괴랄한 코미디처럼 보였다. 천상계의 선녀가 복숭아를 훔쳐 먹다 걸려 적강한 뒤 노래방 도우미 체험을 하고 있는 것처럼 보였달까. 맥락에 안 맞는 제 고귀한 신분을 숨겨두는 공주, 기꺼이 대중의 수준을 맞춰주는 아이돌, 로열젤리 같은 시혜를 베푸는 여왕벌. 〈어느 갠 날〉 대신 〈목포의 눈물〉을 불러젖히는「무진기행」, 아니, 수원기행의 하인숙.

정하늬는 바로 알아챌 수 있었다. 열창하는 박상아의 시선은 교수들에게 골고루 분배되고 있었지만, 왜 나한테만 차갑게 구냐는, 그런데 그게 또 그렇게 나를 뜨겁게 만든다는 당돌한 노랫말은 처음부터 끝까지 이종수를 겨냥하고 있다는 것을. 열화와 같은 박수가 터져 나왔다. 아니, 우리 상아는 노래까지 잘하고. 곽용권 교수님은 복도 많으십니다. 고전문학 전공자들은 노래도 할 줄 알아야지. 문학의 시발점이 본디 노래 아닌가. 자, 그럼 이제 우리 국문과의 한 줄기 빛이자 소금 이종수 조교가 한 곡 해보게. 네, 학과장님. 한 곡 받들겠습니다. 박상철의 〈무조건〉으로 하겠습니다. 큭, 정하늬의 피어싱 달린 콧구멍에서 방귀가 삐져나왔다. 그래, 곽용권이 부르면 무조건 무조건 달려가는 우리의 이종수. 국문과의 홍반장.

다시 화기애애해진 분위기를 틈타 노래방 주인은 끝도 없이 피처 맥주와 노가리를 밀어 넣었다. 맥주에선 오줌 맛이, 노가리에선 종이 맛이 났지만 이미 꽐라가 된 교수들의 미각은 마비된 상태였다. 머리꼭지까지 술이 오른 그들은 여왕벌에게 독침을 맞은 거미처럼 픽픽 넘어갔다. 노래방 소파 위로 비스듬하게 늘어지던 곽용권의 손이, 하필이면 바로 옆 박상아의 허벅지 위로 착지했다. 박상아는 눈 하나 깜짝하지 않은 채 아주 부드럽게 다리를 바꿔 꼬며 그 손을 떨궈냈다. 아아, 발레의 앙트르샤entrechat처럼 우아한 그 동작.

거기서 멈췄어야 했는데 역시 곽용권은 브레이크 대신 액셀을 밟는 남자. 고산시 전체에 촘촘히 조직된 아내의 감시망에서 지리적으로 훌쩍 벗어난 게 패착인 듯했다. 문제의 그 손, 인문학의 향기를 샤넬 넘버 파이브처럼 뿌리고 다니는 그 손이 박상아의 허벅지 안쪽을 향해 과감하게 움직이기 시작했다. 그러거나 말거나 이종수의 눈은 노래방 기계 화면에만 성실하게 고정되어 있었다. 정하늬는 구조를 청하듯 다른 교수들을 바라보았다. 그들의 몸은 점점 더 소파 속으로 파묻혀갔다. 이종수의 노래는 흔들림 없이 절정으로 치닫고 있었다. 무조건 무조건을 외치면서. 박상아의 가면처럼 완벽하던 얼굴에 금이 가는 것이 보였다. 흠, 역시 여왕벌의 삶도 쉽지 않구나.

분노의 힘으로 노가리를 팍팍 찢고 있던 정하늬의 손이 순간 멈췄다. 갑자기 노래방 책을 덮고 일어선 허자은이 곽용권의 손을 불쑥 잡아챘기 때문이다. 아까부터 비스듬하게 누워 있던 다른 교수들은 이제 눈을 감은 채 남행열차 차창처럼 깜박깜박 졸고 있―거나 그렇게 보이고자 하고 있―었다. 퇴근 시간 지하철에서 좌석을 차지해낸 운 좋은 이들처럼. 그러니 곽용권의 그 벌레 씹은, 아니, 똥 먹은 표정을 목격한 것은 정하늬와 허자은, 박상아와 이종수뿐이었다.

곽용권은 전혀 취해 있지 않았다. 와중에도 그의 손은 오른쪽에 앉은 정하늬와 왼쪽에 앉은 박상아의 허벅지를 구별할 줄 알았고, 제 결혼반지에 닿은 게 허자은의 손임을 인지하자마자 빛의 속도로 손을 빼낸 뒤 바지춤에 문질러 닦을 수 있었으니까. 빰빠라빠라라라빰빰빰. 노래방 기계 화면에서 백 점이란 숫자와 함께 팡파르가 울렸다. 무조건, 무조건적 특급 사랑으로 가득 찬 문학의 밤이었다.

자정을 넘겨서야 숙소로 돌아온 정하늬는 박상아와 같은 방을 쓰게 되었다. 콘도 현관문이 닫히자마자 곽용권의 욕을 늘어놓을 줄 알았던 박상아는 천연한 얼굴로 속삭였다. 내가 먼저 좀 씻어도 될까? 삼십 분 뒤에야 보디로션 향기를 풍기며 나타난 박상아의 얼굴에는 우윳빛 마스크팩이 단단하게 붙어 있었다. 술 마셔서 트러블 올라올까 봐. 트러블은 이미 올라온 게 아니었나. 곽용권의 손이 트러블이잖아.

정하늬는 박상아의 맨얼굴이 궁금해졌다. 아까부터 계속 전화가 오던데요. 정하늬의 말에 박상아가 샤넬 백에서 휴대폰을 꺼냈다. 꼭 보려던 것은 아니었지만 엄청난 양의 부재중전화 숫자와 학과장님이라는 발신자 표시가 또렷했다. 박상아는 태연하게 전원을 끄고 민트색 슬립 차림으로 침대에 누웠다.

언니, 그런 일 겪고 괜찮아요? 정하늬의 질문에 마스크팩 속 박상아가 선명하지 않은 발음으로 답했다. 어머, 얘, 이건 가난이랑 비슷한 거야. 조금 불편할 뿐이지. 글쎄, 가난과 함께 밥을 먹고 똥을 싸며 살아온 정하늬에게 가난은 조금 불편한 친구가 아니었는데. 탯줄로 목을 졸라 오는 샴쌍둥이 같았는데. 그래도 정말 그 뭐랄까, 씨발 좆같은데요. 하하, 재밌는 동생이네. 맘에 들어. 우리 친하게 지내자. 나 외동이라 여동생 갖는 게 소원이었거든.

마스크팩에 뚫린 두 개의 구멍으로 박상아의 커다란 눈

이 빛났다. 언뜻 보면 맑아 보이는 바비 인형의 눈, 사실은 아크릴 물감일 뿐이라 아무것도 들여다보이지 않는 눈. 허자은 교수의 꼬막눈과 정확히 반대에 있다고 해도 좋을 눈. 하지만 껍질이 그들의 삶을 규정하고 있다는 점에선 닮았을지도 모르는 두 사람의 눈.

그날 밤 한 침대에 누운 두 사람은 대화를 나눴다……기보단 박상아가 일방적으로 자기 이야기를 했다. 어린 박상아가 너무 예뻐서 납치될까 봐 아역배우를 시키려고 했던 부모님, 숨 쉬듯이 호흡했던 시선과 칭찬과 평가, 아름답고 연약한 껍질을 찬양하는 이들에게 바수어 나눠줘야 했던 그 껍질의 가루들. 힘드셨겠어요. 힘들긴 뭐, 다 각자의 싸움이 있는 거지. 부자는 돈으로 싸우고, 군인은 총으로 싸우고, 나는 얼굴로 싸우고. 아, 물론 가끔은 답답하지. 제 껍질을 이고 지고 살아야 한다는 게. 여기 갇혀 자유롭지 못한 기분. 뭐, 그래도 기왕 평생 갇혀 살아야 할 껍질이면 추한 것보단 아름다운 쪽이 낫겠지. 미학적으로, 구조적으로. 정하늬는 강의 중 허자은이 했던 말이 떠올랐다. 가짜가 진짜보다 아름답지요. 미학적으로도, 구조적으로도.

정하늬가 용기를 내서 질문했다. 언니, 그런데 이종수 오빠가 왜 좋아요? 어머, 내 동생 눈치가 쓸 만하네. 역시 소설가 지망생이라 그런가. 얼굴에서 마스크팩을 떼어내며 박상아가 속삭였다. 남은 에센스 때문에 얼굴 위에 투명한 젤리막이 반들거렸다. 음, 뭐랄까. 비겁해서? 비겁해서 좋다고요? 그래, 회색인이라서. 그게 문학의 윤리잖아. 곽용권은 너무 더러워, 비위 상하지. 허자은은 너무 깨끗해, 부담스럽게. 그래서 이종수가 좋아. 깨끗한 듯 더럽고 더러운 듯 깨끗해. 깨끗해지기 직전의 더러움, 더러워지기 직전의 깨끗함. 그래서 아슬하고 섹시하잖아. 언니 제대로 미친 언니시네요. 아무리 그래도 그런 걸 가만 보고 있는 남자를. 그래서 귀엽다니까, 소심해서. 괜찮아, 이종수도 나 좋아해. 네? 참는 거지.「동백꽃」 같은 거야. 점순이가 마름집 딸이라서 주인공이 쭈글거리잖아. 이종수도 내가 곽용권 식솔이라 그래. 근데 곧 폭발할 거야, 호호.

　그날 새벽, 가슴 위에 두 손을 포갠 채—디즈니 만화에서 본 오로라 공주 외에 저렇게 자는 여자는 처음 봤다—새근새근 잠든 박상아를 남겨두고 정하늬는 숙소를 나왔다. 자신의 몸에서 여전히 노가리와 맥주 냄새가 풍기는 느낌이었다. 얼마 전 피어싱을 뚫은 귓불이 가렵고 진물이 나서 한숨도 자지 못했다. 퍼스트 피어싱 상태였는데 이 상태면 세컨드 피어싱으로 넘어가기 어려울 것 같았다. 켈로이드 살성에 금속 알러지까지 있는 정하늬는 피어싱에 적합하지 않은 체질이었다.

그래서 더 피어싱이 좋았다. 적합하지 않는 것만 골라 욕망하는 체질. 맥도날드만 먹고 산대도 자기소개서보단 자전적 소설을 쓰고 싶어 하는 나쁜 피. 피어싱은 어지간한 신체 부위마다 타투를 새기고 나서 더 이상의 여백을 찾지 못할 때쯤 넘어온 세계였다. 몸의 일부분에 구멍을 내어 각종 장신구를 다는 일. 헌 구멍을 메우기 위해 새 구멍을 만드는 일. 어떤 구멍 주위로는 새 살튀가 솟아나기도 하는 일. 고산에 도착하면 문제의 구멍에 알코올을 붓는 대신 새 피어싱을 뚫어버려야겠다고 생각하며 정하늬는 왕갈비의 도시에서, 박상아의 마스크팩에서, 이종수의 무조건 무조건에서 빠르게 벗어났다.

단식 광대

문학의 밤 이후 정하늬는 박상아와 부쩍 가까워졌다. 사포 회원들은 박상아의 합류에 환호했고, 세미나 시간마다 발랄하게 반짝이는 박상아의 재기에 정하늬 역시 제 편견을 반성했다. 그러던 어느 날 학과사무실에 들른 박상아가 정하늬에게 핑크빛 리본이 달린 사탕 봉지를 내밀었다. 담배 끊으라고 주는 거야, 피부 상해. 정하늬는 픽 웃으며 그 것을 받았다.

사탕이 소주와 담배 안주로 최고라는 말은 굳이 보태지 않았다. 소주의 쓴맛과 담배의 쩐 맛, 츄파춥스의 단맛이 삼교대로 혀를 강타하는 쾌감은 최고였다. 미각 세포끼리의 스리섬이랄까. 근데 나 궁금한 거 있어. 츄파춥스 막대기에 구멍은 왜 있는 거야? 그게 있어야 사탕이 안 빠진대요. 사탕을 굳힐 때 갈고리처럼 잡아준다나. 재밌네, 구멍에 빠지는 게 아니라 구멍이 있어야 안 빠진다니. 구멍 때문에 사탕과 막대가 하나가 된다니. 문학적이야. 이 언닌 뭐만 보면 다 문학적이래. 정하느가 비꼬건 말건 박상아는 제 할 말만 했다. 안에 조교님 계시지? 그럼요. 거기가 그분 집인 걸요. 즐거운 나의 집. 근데 그 쿠키 상자는 누구 거예요? 종수 오빠랑 허 교수님. 내가 직접 구운 거야. 이거 차별이 너무 노골적인 거 아닙니까. 박상아가 새침한 미소를 지었다. 하나는 나를 구할 수 없는 가엾은 노비를 위해, 또 하나는 나를 구해준 용감한 흑기사를 위해.

흑기사라. 슈발리에 누아르chevalier noir, 방패와 갑옷에 먹칠을 한 기사. 정식 추서를 못 받아 종자從者도 없고 갑옷도 허름한 이들. 그런데 흑기사한텐 몸에 맞는 새 갑옷을 주는 게 낫지 않을까. 살이 쪄서 숨 쉬기도 힘들어하는 사람한테 쿠키를 주는 건 너무 달콤한 살인미수 아닐까.

학과사무실 안쪽 조교실로 사라졌던 박상아가 금세 나왔다. 벌써 가세요? 곧 학과 회의 시작한대. 어, 아닐 걸요. 오늘 회의 없는데. 그리고 허자은 교수님 아직 출근 안 하셨는데. 그러니까 번개 날린 거지. 아직 모르는구나. 여기 남자 교수들끼리만 돌아가는 채팅방 있어. 아, 이종수도 포함

해서. 정하늬가 벙쪄 있는 사이 학과 교수들이 속속 사무실로 도착했다. 눈웃음을 날리며 사라지는 박상아의 손에 들린 상자를 곽용권이 수상한 눈길로 바라보았다.

이종수가 비율을 다르게 탄 믹스커피 네 잔을 교수들의 나이순으로 올렸다. 자다가 깨워도 인문대 모든 교수의 학번과 나이, 세부 전공, 음식과 인간 취향을 읊을 수 있을 것처럼 보이는 이종수의 능력에 정하늬는 감탄했다. 자신은 아무리 들어도 누가 몇 학번인지 도무지 외워지지 않았다. 이종수는 최근 혈당 포비아에 시달리는 곽용권의 커피에 설탕 대신 스테비아를 넣었다. 역시 우리 이 조교가 만 커피가 최고야. 입에 착착 감긴다니까. 아, 가끔은 주말에도 이 조교가 탄 커피가 생각나서 출근하고 싶다니까. 저도 그렇습니다.

구라 치시네, 평일에 딱 두 번 강의 몰아넣은 날만 나오면서. 정하늬가 콧방귀를 꼈다. 하하하, 과찬이십니다. 이종수가 꼿꼿한 허리를 반으로 접었다. 구 년 차 조교의 짬밥이란 간이 딱 맞는 것이구나. 다과용 과자를 트레이에 올리던 정하늬가 감탄을 하며 맑은 고딕체의 회의 자료 제목을 훔쳐보았다. 교육과정 개편 회의. 1학기가 중반을 훌쩍 지났으니 2학기 강의 편성을 논의하려는 모양이었다.

곽용권이 왼쪽 손목에 찬 롤렉스 시계—그가 항상 왼손

을 격렬하게 사용하며 강의하는 이유였다―를 보며 속사
포처럼 말했다. 다들 바쁘시니 인트로는 생략하겠습니다.
2학기는 본부 요구대로 취업 핵심 역량 과목만 남겨두고
나머지 전공들을 과감하게 쳐내려고 합니다. 저도 문학 전
공이지만 솔직히 우리 학과 문학 강의가 너무 많았어요. 허
자은 교수 걸 두 개 내리면 어떨까요. 좌중의 체면상 침묵.
곽용권이 이종수를 보며 물었다. 이 조교, 허자은 교수가
2학기에 하는 강의가 뭐지? 이종수의 머릿속 수강 편람이
파바박 넘어가는 소리가 들린다. 삼 초 안에 답해야 한다.
곽용권은 인내심이 없으니까.

아, 네. 현대문학사 그리고 소설 창작의 이론과 실제입니
다. 그래, 그걸 폐지하지. 솔직히 요새 누가 문학사 같은 걸
배우나. 게다가 소설 창작이라니. 그런 걸 하고 싶으면 문
창과 가면 되고. 정작 허 교수는 동시로 등단했지, 소설 같
은 건 써본 적도 없지 않은가. 뭐, 제가 허 교수한테 사사로
운 감정이 있어서 이러는 건 아닙니다. 그저 다 학과를 위
해서지요. 자자, 어떻습니까. 괜찮을 것 같습니다. 다른 과
들도 전공과목 수를 줄이고 있는 추세지 않습니까. 그렇긴
하지요. 그렇게 하시지요.

아, 그리고 신규 과목을 하나 만들면 어떨까 싶습니다. K-
드라마 스토리텔링이나 고전문학과 문화콘텐츠, 뭐 이런

걸 하나 개설하고 연장자인 제가 십자가를 메지요. 교수님 들 가뜩이나 바쁘실 텐데 신규 강좌 개발하시기는 힘들 거 아닙니까. 잘 아시듯이 제가 인문학 대중화에 앞장서는 중이지만, 제가 뭐 저 좋자고 그러겠습니까. 그게 다 우리 학과를 위해서, 일종의 재능 기부랄까. 아무튼 제가 하던 인문학 교양강좌를 전공에서도 똑같이 돌리지요. 쓰던 강의안이 있으니까 일도 없어요. 강좌 개발비로 본부에서 오백을 준다니 그건 학과 통장으로 받았다가 방학 때 다 같이 일본이나 한번 가시면 어떻습니까. 초밥도 좀 드시고, 가라오케도 한번 당기시고. 교수들이 돌림노래로 동의의 신음소리를 냈다.

방음 설계의 치명적 오류 덕에 안쪽 학과장실에서 펼쳐지는 훈훈한 이야기가 정하늬가 근무하고 있는 학과사무실 전체로 울려 퍼졌다. 자신도 모르게 구멍 뚫린 입술에 침을 축였다. 교수에게 강의가 없다는 건 사형선고였다. 정교수가 한 학기에 두 과목, 육 학점 강의를 하는 것은 의무이자 권리였다. 2학기 강의가 둘 다 없어지면 의무 시수를 채우지 못한 허자은은 학교에서 불이익을 겪게 될 게 자명했다. 아무리 총장이 인정스럽다 해도 강의 하나 없는 교수를 좌시할 만큼 관대하진 않았다. 연구년을 못 가게 하는 소소한 징계부터 실질적인 권고사직 같은 분위기 조성도

가능했다.

내년 연구년엔 혼자 틀어박혀 소설을 쓰겠다며 둘만의 강의 시간에 수줍게 더듬대던 허자은이었는데. 누군가를 괴롭히는 데서 뱃속부터 쾌감을 느끼는 부류들은 항존하는구나. 운동장 한가운데 버려진 공—심지어 실밥이 터진 공—처럼 무력한 인간을 뻥뻥 차고 놀며 미소 짓는 인간들. 그저 자신들의 약간의 활력을 위해서. 배달 라이더가 들고 온 도시락의 미소 된장국을 학과장실에 투척하고 싶은 기분이었다.

정하늬는 도시락 봉투를 들고 학과장실 안으로 들어섰다. 이종수가 재빠르게 회의 테이블을 치우고 생수와 수저를 세팅했다. 자네들도 나가서 식사하게. 네, 감사합니다, 학과장님. 자기들끼리 할 은밀한 논의가 더 있으니 자리를 비키란 뜻으로 보였다. 이종수와 정하늬는 말없이 걸어 나온 뒤 학관 분식 코너로 가 칼국수를 먹었다. 학과 통장 잔고가 얼마 남지 않아 두 사람 몫의 도시락은 시킬 수가 없었다. 곽용권이 좋아하는 지라시 스시 도시락은 개당 삼만 원이 넘었으니까.

점심값은 여느 때처럼 이종수가 냈다. 속이 느글거려 매운 것을 먹고 싶은 정하늬였지만 오백 원 비싼 얼큰김치칼국수 대신 기본 칼국수를 시켰다. 칼국수 그릇을 반도 비우지 못하고 연신 물잔만 들이켜는 이종수를 보며 정하늬는 생각했다. 이 인간, 생각보다 왕지라가 아닐지도 몰라.

그날 리포트를 쓴다는 핑계로 학과사무실 컴퓨터를 붙잡고 있던 정하늬는 이종수가 퇴근하자마자 비둘기색 캐비닛을 열었다. 밤 열시가 넘은 시간이었다. 퇴근 전 이종수는 학과장실을 먼지 한 점 없이 청소했다. 꼭 더러운 거라도 본 사람처럼. 정신없이 커피잔을 설거지하는 그를 향해 정하늬는 본인이 낼 수 있는 가장 상냥한 음성으로 말했다. 조교님, 교수님들이 회의 자료를 다 그대로 두고 가셨네요. 내부 자료니까 제가 세단기에 넣을게요. 그래, 고맙다.

이런 일이 얼마나 자주 있었던 걸까. 고산대 국문과에 왜 이토록 거대한 꽃가루형 문서 세단기가 필요한지 정하늬는 이제야 알게 되었다. 아무튼 여아일언중천금이 두 번째 좌우명인 정하늬는 본인 말대로 문제의 회의 자료를 얌전히 문서 세단기에 넣었다. 딱 한 부만 빼고. 세단기에 '모두' 넣는다는 말은 안 했으니까. 기계 속에서 새하얀 꽃가루가 되어 지순한 죽음을 맞기 전에 그것은 잠깐 들러야 할 곳이 있었다.

캐비닛 속 서류를 들고 정하늬는 404호로 향했다. 연구실 문 위쪽으로 희미한 불빛이 새어 나왔다. 형광등을 반만 켜는 습관. 낮이나 밤이나 비슷하게 어둑한 조도. 안에 있는 건 허자은이 확실했다. 나지막한 음악 소리가 새어 나오고 있었다. 콜 니드라이. 강의 시간마다 허자은이 틀어놓던 그 곡이었다. 반복된 노크에도 안에선 묵묵부답이었다. 망설이다 문고리를 비틀었다. 아무 저항 없이 문고리가 끝까지 돌아가더니 탕, 하며 연구실 문이 열렸다. 썩기 직전의 달콤한 사과 냄새와 먼지 섞인 공기가 도꼬마리처럼 몸을 찔러왔다.

정하늬는 눈앞에 벌어져 있는 풍경을 믿을 수가 없었다. 4인용 테이블 위에 크림빵 봉지와 카스텔라 종이가 산더미처럼 쌓여 있었다. 그 옆에는 1.5리터 탄산음료 페트병들. 헤쳐지지 않은 상태로 남아 있는 건 단 하나, 쿠키 상자뿐이었다. 그것만은 핑크빛 리본이 단단히 묶인 상태로 온전히 남아 있었다.

농밀해지는 정적의 무게 속에서 첼로음들만 빵처럼 풍만하게 부풀어 올랐다. 장작에 불이 붙는 듯 타닥대는 소리가 이어졌다. 긴 손톱으로 양막을 찢고 출산되는 첼로음. 바로 그때, 구슬픈 소리가 정하늬의 왼쪽 귀로 흘러들었다. 404호 바로 옆 화장실에서 나는 소리였다. 채울 수 없는 독을 나르던 다나이드가 마침내 엎드려 등을 내보일 때 그 독에서 쏟아져 내리는 물소리 같은 것. 정하늬는 그 자리에 그대로 얼어붙었다.

내장을 뒤집어 빼는 듯한 소리, 짐승이 울부짖는 듯한 소리. 밤새 이어질 것 같은 구토음. 몇 분이나 흘렀을까. 쏴, 변기 물 내리는 소리와 함께 수전에서 물줄기 쏟아지는 소리가 요란하게 들렸다. 그사이 첼로는 비통한 서주를 끝내고 이제 막 장조로 조바꿈되고 있었다. 벼락 뒤의 하늘처럼 맑은 하프음이, 첼로의 굵고 검은 빗방울을 닦아내며 등장했다.

정하늬는 얼른 연구실 문을 박차고 나가 계단으로 달려갔다. 육중한 밤의 고요와 냉기가 정하늬를 감쌌다. 검은 잎. 검은 잎을 물고 태어난 자들은 그걸 떨구기 위해 뭔가를 토할 수밖에 없는 걸까. 입술을 지그시 깨물었다. 아랫입술에 새로 뚫은 피어싱의 이물감이 느껴졌다. 이 망할 껍데기와 화해하는 법을 모르겠어서 가끔 자기도 저렇게 제 속을 까뒤집고 싶을 때가 있었다. 주머니를 아무리 훑어도 찾아지지 않는 무언가 때문에 안감을 통째로 뒤집어보는 마음. 피어싱이 그래서 좋았다. 껍질에서 알맹이까지 더듬어 가지 않고, 안과 밖을 뒤집지 않고도 단번에 전체를 관통해버릴 수 있으니까. 천공 행위만이 줄 수 있는 격렬한 통쾌함.

들고 갔던 서류는 두고 나왔어야 했단 생각은 다음 날에나 떠올랐다. 이미 허자은은 이종수를 통해 다음 학기 강의를 배정받지 못한다는 소식을 들었을 터였다. 변론의 기회도 없는 순수한 통보. 참여조차 하지 못한 학과 회의. 이게 학교폭력이지, 다른 게 학교폭력인가. 며칠 뒤 이종수의 연락을 받은 정하늬는 그날 밤 자신이 들었던 소리와 부고 문자 사이에 관련이 있음을 확신했다. 교수님이 마침내 검은 잎을 떼어내셨나. 아니, 검은 잎과 함께 흘러가셨나.

동기들은 이삼 일 정도 집단적 흥분 상태에서 허자은의 사인死因에 대한 셜록 홈즈 놀이를 시전했지만 방학이 시작되면서 빠르게 각자의 삶으로 복귀했다. 대부분 고산시 인근의 시골 출신인 학생들은 방학이면 고향에서 공무원시험 공부를 하는 경우가 많았다. 하지만 정하늬는 엄마가 사천왕처럼 지키고 선 본가에 가지 않기 위해 근로를 계속하며 알바를 늘렸다.

이종수를 도와 404호 연구실을 치우고 신임 교수를 위한 가구를 들여놓았다. 꽤 높은 일당을 걸며 학부생 몇 명에게 연락해봤지만 아무도 404호에 들어서고 싶어 하지 않았다. 결국 이종수와 정하늬 둘이 낑낑대며 문제의 냉장고를 재활용 쓰레기장에 내놓고, 책들을 일일이 끈으로 묶어 유일하게 수용 의사를 밝힌 근처 주민센터 도서관으로 보냈다. 일부 책 꾸러미는 이종수가 자신의 차 트렁크에 실었다. 트렁크 맨 구석, 핑크색 리본이 묶인 케이크 상자가 놓여 있는 것이 보였다.

6월이 다 가기 전 정하늬는 석사과정 합격증을 받았고, 학과 교수들은 수학여행 떠나는 중학생들처럼 들뜬 표정을 한 채 일본 학회로 떠났으며, 논문 자판기에다 언변도 참기름처럼 매끄럽다는 노상현이 정하늬의 지도교수로 확정되었다. 고산대 국문과의 모든 것이 훨씬 나아진 것처럼 보였다. 이종수만 빼고.

냉정해 보일 만큼 단정하던 사람이 갑자기 나사 하나 풀린 기계처럼 헐거워졌다. 계절에 안 맞는 검은 셔츠를 평일 내내 입고 다니는가 하면 식사도 거른 채 노트북 화면만 노려보고 있기도 했다. 죽은 허자은의 논문을 하루 종일 읽고 있는 건 예사였다. 박사과정생에게 각설이처럼 찾아온다는 심신상실의 금치산자 시기를 그도 피해가지 못하는 모양이었다. 구 년이면 제정신으로 오래 버틴 셈이었다.

그러거나 말거나 이종수에게 쌓여가는 일들은 멈출 줄을 몰랐다. 지방대 국문과에 남은 가용 인력이란 소박하기 그지없었다. 일머리가 있다고 할 만한 이는 그밖에 없었고, 비밀스러운 처리를 요하는 일들은 해왔던 이에게 맡기는 게 안전했다. 결국 곽용권은 본인이 수주해온 HK사업단 연구원에 이종수의 이름을 올렸다. HK[Human Korea]. BK[Brain Korea]에 이어 인문대 대학원생들의 실낱같은 목숨을 연명시켜온 정부 지원 과제들. 인문 한국, 두뇌 한국을 표방한 그

사업들을 대학원생들은 각각 한심 코리아, 바보 코리아라 불렀다. SSK^Social Science Korea 사업을 '시키면 시키는 대로 까야 하는 코리아'라 자조하는 옆 동네 사회과학대 대학원생들도 사정이 크게 나아 보이진 않았다. 하긴, 휴먼입니까, 묻는 컴퓨터에게 휴먼 이하입니다, 답해 마땅한 게 대학원생의 처지니까. 강의 나가는 이틀은 교수님, 나머지 오 일은 불가촉천민으로 사는 삶은 자이로드롭처럼 아찔하게 어지러웠으니까.

이종수의 박사학위논문은 더 미뤄질 것이 명확해 보였다. 상식적으로 조교 일을 하면서 사업단 연구를 하고 동시에 논문을 마무리하는 것은 불가능했다. 이번 학기 졸업을 시키지 않겠다는 학과 교수들의 의지가 우회적으로 표현되고 있었다. 특히 곽용권. 그는 고양이가 쥐를 욕망하는 것처럼 이종수를 욕망하는 듯 보였다. 거절할 자유는 없었다. 이종수는 늘 그랬듯 반항하지 않고 고요하게 고양이 입 속에 제 대가리를 박아 넣었다.

꼭 학위논문 인준지 도장 때문만은 아니었다. 졸업장이야 운전면허증에 불과했다. 도로 주행에 나서서 어디 임용원서라도 내보려면 추천서며 레퍼런스 체크―사실 이게 무용하다는 건 현재 대학을 구성하고 있는 교수들의 인격만 봐도 명약관화한 것인데―라는 관문을 통과해야 했다.

그래야 어디 시골 대학이라도 빈자리를 찾아 무사히 주차할 수 있었다. 만점으로 운전면허 필기와 실기를 통과했어도 교수들이 걘 좀 그렇더라, 한마디—밑도 끝도 없이 뭐가 그렇다는 건지—를 하며 복잡한 표정을 지으면 끝이었다. 제자를 교수로 만들어주긴 어려워도 교수가 안 되게 만들긴 쉬운 게 선생의 파워였다. 명목상 지도교수인 노상현은 후배이자 첫 제자인 이종수를 가엾게 여겼지만 아직은 곽용권에게 반항할 연차가 아니었다.

개밥

곽용권이 든 막대기를 척추 사이에 꽂은 이종수가 츄파 춥스처럼 쪽쪽 빨리는 동안 석사 TA^Teaching Assistant가 된 정하 늬는 신임 교수 노상현이 옛날 옛적 조교 했던 시절 만들어 뒀다는 인수인계서를 보며 일머리를 틔워갔다. 주말엔 여전히 맥도날드 알바를 이어나갔다. 다행히 알바의 역사가 한국문학사만큼 장구한 정하늬는 센스가 있었다. 그걸 바로 알아본 학과 교수들이 화색을 띠었다. 오, 정하늬가 보기보단 똘똘한데. 그러게, 이게 참 외모만 보고 편견을 가지면 안 된단 말이지.

온몸에 새긴 마법천자문과 바느질하듯 매단 피어싱, 회색 컬러 렌즈, 향수 대신 담뱃진 냄새. 불량스러운 외양과 달리 빠릿빠릿하고 똘똘한 정하늬를 교수들은 마음에 들어 했다. 그 말인즉슨 그들의 비밀스러운 알몸을 정하늬 앞에서 거리낌 없이 내보이기 시작했다는 뜻이다. 소설가 지망생답게 문제적 인간에 관심이 많은 정하늬는 그들의 알몸을 열심히 관찰하기 시작했다.

남자 아이돌그룹처럼 다섯 교수는 저마다 포지션과 개인기가 있었다. 우선 종신 학과장이자 고전문학 전공자 곽용권. 뭐니 뭐니 해도 머니를 가장 사랑하고 그다음으로 매스컴을 사랑하는 남자. 소싯적 고신대 교수와 학생, 직원을 통틀어 가장 잘생겼다는 평가를 받던 미끈한 외모. 대중의 사랑을 먹고사는 천상 아이돌 재질답게 그는 학생들에게 욕을 하거나 위험한 발언을 하는 법이 없었다. 손바닥만 한 고산시에서는 자기를 모르는 사람이 없어서 발생한 이미지 관리의 필요 때문일지도. 아무튼 고전문학을 전공한 덕인지 취향이 고풍스럽고 고급스러웠는데, 그에 수반되는 비용을 위해 다양한 꼼수를 시전했다. 직접은 아니고 늘 간접적으로.

곽용권은 이런저런 기업체나 재단 인문학 강좌에 뻔질나게 나가면서 금액을 축소 신고했고, 교내외 장학금과 조교 수당 전용, 연구 결과 중복 보고를 통한 연구비 이중 수령은 소소한 생활의 지혜였다. 받은 돈은 연구원들의 통장을

스친 후 현금으로 봉헌되었는데—이때 두 겹 봉투를 사용
하지 않고 흰 봉투에 그냥 돈을 넣으면 가정교육을 의심하
는 질문을 기품 있게 던졌다—그럴 때마다 제자들에게 언
젠가 너희도 교수가 되면, 식의 희망 고문을 가해서 죄책감
을 덜었다.

다행히 아직 신생아급인 정하늬가 곽용권을 위해 하는
일은 서점 가기 정도였다. 그의 책을 구입하기 위해서냐
고? 아니, 사진을 찍기 위해서다. 곽용권은 대형 정부 과제
들을 수주하는 재능이 있었는데 이때 대부분의 연구비를
문헌 구입비로 신청했다. 원래는 잘 아는 업체와 쿵짝쿵짝
해서 그래픽카드나 CPU 영수증을 허위로 끊어왔던 모양
인데, 감시가 엄혹해져 수법을 좀 더 인문학적으로 바꾼 것
이었다. 온라인 서점으로 수백만 원어치의 책을 구입하고
영수증을 출력한 뒤, 일괄 구매 취소를 해서 환불받는 식이
었다.

하지만 연구 재단이 영수증에 더해 실제 구매 여부를 증
빙할 책 표지 스캔본을 요구하는 바람에 곽용권의 비기가
장벽에 부딪혔다. 그걸 타개할 임무가 정하늬에게 주어진
것이다. 정하늬는 서점을 빙빙 돌며 곽용권이 샀다 취소한
책을 찾아 휴대폰으로 사진을 찍었다. 엑셀 파일에 적힌 수
백 권의 책을 찾아내 앞표지와 뒤표지의 사진을 찍다 보면

하루가 훌렁 갔다. 게다가 누가 봐도 수상한 행동이 아닌 가. 결국 서점 직원이 다가와 경고했다. 도대체 뭐 하시는 겁니까, 손님. 그러게요, 이게 뭐하는 걸까요. 저도 궁금합니다만. 고산시에 대형 서점이라곤 여기 하나뿐인데. 정하늬는 울고 싶은 기분이 되었다.

그렇게 많은 외부 강의를 하는 호봉 높은 정교수인 그가 왜 돈에 집착하냐고? 그게 다 그놈의 풍류 때문이다. 물아일체, 음풍농월, 풍월주인을 좌우명으로 삼는 그는 수도권 대학으로 진출할 희망을 접은 후 고산시 외곽 지역에 별장을 짓기 시작했다. 상당한 규모의 땅을 사고 몇 년 치 연봉을 털어 한옥을 올린 뒤 '녹균헌緣筠軒'이란 현판—소동파의 시에서 따온 이름이었다—을 걸었다. 월요일부터 수요일까지는 고산시에 머물고, 목요일부터 일요일까지는 별장에서 풍류를 즐겼다. 정자에서 바둑을 두고—그는 아마 2단이었다—연못에서 한시를 지었다. 그것까지는 좋았는데 해마다 드는 유지 관리비며 나무값, 일꾼 삯이 장난이 아니었다. 무리해서 연못을 파고 비싼 연꽃까지 잔뜩 심었는데 처염상정이라던 말과 달리 이놈의 연꽃이 자꾸 죽어버리는 게 아닌가. 숫제 돈 먹는 하마가 되어버린 이 별장 때문에 곽용권은 만성적 생활난에 시달렸다. 역시 로망의 실현, 오타쿠의 덕질에는 돈이 드는 법이었다. 그럴수록 현생을 가열하게 살며 돈을 벌 수밖에.

깡촌 장남 출신인 곽용권과 달리 박준구는 원래 있는 집 출신이었다. 돈보다는 계급 재생산에 관심이 많았다. 강의는 월요일과 화요일 이틀에 몰아서 하고 나머지 요일엔 아들의 라이딩에 힘썼다. 아내는 발레 하는 딸을 밀착 케어해야 했기 때문이다. 고산외고 독어반에 재학 중인 아들은 학원 스케줄 때문에 기숙사 생활을 하지 않았다. 국제 바칼로레아 제도를 운영하는 해당 외고는 학생들에게 고차원적인 작문 과제를 무차별 살포하는 것으로 유명했다.

어느 날 조용히 정하늬를 불러 파스타와 스테이크를 먹인—메뉴에서 이미 불길한 냄새를 맡은 정하늬였다—박준구가 가방에서 꺼낸 것은 다름 아닌 수행평가 안내문이었다. 카프카의 단편 「단식 광대」를 읽고 원고지 100매 내외의 비평문을 작성하시오. 하늬야, 진짜 미안한데 이번 한 번만 부탁한다. 너 대학문학상도 받았다며. 이것 좀 써다오. 아들놈이 수학 머리가 없어서 일단 외고를 가긴 했는데 의대 지원할 거거든. 얘 독일 문학 하나도 몰라. 학원 쫓아다니느라 정작 학교 공부할 시간이 없대. 그래서 말인데 이거 좀 해주면 내가 종종 맛있는 거 사 줄게.

그제서야 정하늬는 왜 요즘 박준구가 인문대보다는 의치대 교수들과 더 어울려 다니는지 이해가 됐다. 인문학과 의

학의 통합 어쩌고 하는 포럼을 발족하고 책을 쓰겠다고 나대는 게 다 아들 때문이었구나. 안면 터놓고 입시 기출 콩고물이라도 주워 먹으려고. 박준구의 조카가 본부 산학협력단 교직원이라던데 그것도 혹시 박준구의 작품일까. 문제의 조카는 서류 전형에서는 꼴찌를 했지만 면접에서 압도적인 점수를 받아 합격했다는 소문이다.

정하늬는 일단 박준구를 향해 고개를 끄덕여 보였다. 그러곤 인터넷 여기저기서 긁어온 글들을 대충 바느질해 100매를 채운 뒤 구글 번역기에 넣었다. 물구나무를 서서 봐도 개판인 결과물이었다. 회심의 미소를 띠며 그걸 박준구에게 내밀었다. 이 주 뒤, 박준구는 그 글이 수행평가 최고점을 받았다며 정하늬에게 밥을 샀다. 다음 날 자기가 대장내시경이 있다고 중얼대며 학교 후문의 죽집으로 데려가긴 했지만. 억울한 마음에 정하늬는 제일 비싼 흑임자죽을 시켰지만 얼마나 느끼한지 몇 숟갈 뜨자마자 구역질이 났다.

교수 임용과 동시에 펜을 놓아버린 위의 두 교수와 달리 김태진은 나름 연구에 애착이 있는 편이었다. 문제는 그 연구를 주로 대학원생을 통해 한다는 것이었지만. 대학원 강의 십오 주 내내 쪼개기 번역 과제를 낸 뒤 그걸 모아 자기 이름으로 번역서 출판하기, 학교도서관에 소장된 대출 불가 도서 처음부터 끝까지 복사시키기—믿거나 말거나 복사기에서 방출되는 오존 때문에 성욕 감퇴를 호소하는 학생들이 속출했다—, 자기 저서의 오탈자 찾는 게임시키기, 우승자에겐 상금 대신 팔백 부 넘는 책에 오타 스티커 붙이게 하기, 학회 발표 전날 예민해져서 히스테리 부리기, 본인이 쓴 논문을 게재지 형식에 맞게 편집시키기, 편집본의 자간과 행간, 폰트 가지고 쪼기 등등.

아직 번역 능력이나 편집 능력이 부족한 정하늬는 불행인지 다행인지 타이핑 작업을 맡았다. 책이며 논문에 본인이 형광펜 친 대목을 모조리 제자들에게 타이핑시키는 것이 김태진의 취미였다. 정하늬는 요새 디지털 필사 모임도 있잖아, 어릴 때 한컴 타자 연습하던 추억도 돋고 좋네, 중얼대며 피식 웃었다.

그래도 역시 정하늬가 각별히 흥미를 두는 쪽은 나상수였다. 분노 조절 장애와 히스테리가 심한 그는 한때 품행이 방정한 인물이었다고 한다. 그런 그의 흑화는 곽용권 밑에서 찌든 세월 때문으로 보였다. 그는 방언학에 조예가 깊어서 전국 팔도의 욕설을 꿰고 있었다. 하지만 걸쭉한 입담 때문에 뒤끝 없는 욕쟁이라 생각하면 오산이다. 그는 사람의 노동력을 착취하며 바싹바싹 말려 죽이는 도제식 교육에도 능했다.

일단 소소한 심부름을 시키는 것으로 시작되는 이 교육은, 그 과정에서 말대꾸를 하거나 엉덩이가 무거운 모습을 보이는 순간 전방위적 조련으로 본격화된다. 아, 이 조련에서 박상아는 철저히 면제되었다. 예뻐서 봐준 거냐고? 아니다. 와중에도 나상수는 본과 출신만 조련했다. 외부에서 온 이방인들에게는 자신의 맨얼굴과 학과의 내밀한 부조리를 내보이지 않았다. 그의 분노 조절 장애는 진짜 병이라기보단 선택적 퍼포먼스였다.

그러니 몇 안 되는 내부자인 정하늬가 얼마나 바쁠지는 뻔할 뻔 자였다. 교내 구둣방에 가서 나상수의 구두 밑창 갈아오기—허자은의 것과 대조되는 반짝이는 구두의 비밀이었다—같은 워밍업 과제에서부터 자택 화분에 물 주고 오기, 냉장고 청소 및 연구실 세면대 뚫기, 국물 묻은 티셔츠 빨아 오기 등의 생활 밀착형 과제, KTX 타고 서울 가서 결혼기념일 선물 사 오기, 아들 결혼식 때 접수대에 앉아 축의금 봉투 받기 등 고난도 과제까지. 그중 가장 어려운 건 외국 학회에 간 나상수의 애완견을 위해 개밥을 주고 오는 일이었다. 나상수만큼이나 비썩 마른 그 비글은 지랄견이란 별명답게 성질머리가 대단했는데, 제 밥을 주러 온 정하늬를 향해 날카로운 이를 드러내며 침을 흘렸다.

바리데기 뺨치는 이 과제들을 통과하고 나면 한바탕 오

구굿이라도 할 수 있을 지경이었다. 반항할 권리 따윈 없었다. 거부는 거부당했다. 한 번 찍힌 대학원생은 졸업 전까지 더 은은하게 착취당할 게 뻔했기 때문에 시도하기 어려웠다. 학회에서 자기 명찰을 안 만들어두었다고 간사 하나를 몇 년에 걸쳐 학계의 식물인간으로 만들었다는 소문도 있는 걸 보면 그의 집요함은 독보적인 것이 확실했다.

신임 교수 노상현만이 아직 흑화되기 전의 청순함을 간직하고 있었다. 그는 간간히 도서 대출을 부탁하는 것 외에는 정하늬에게 원하는 게 없었다. 나머지 네 교수를 비롯해 단대 분위기를 파악하고, 학내 보직 교수들 간의 역학 관계를 확인하는 데 한 학기는 주력하기로 한 듯했다. 그런 그가 이 바다 생태계에 동화-적응을 끝내기 전에 얼른 학위를 따고 나가라는 선배들의 조언이 정하늬에게 쏟아졌다.

아무튼 이 모든 것을 정하늬는 일단 소설의 소재라 생각하고 머릿속 캐비닛에 차곡차곡 담아 분류했다. 막상 글을 쓰기엔 다섯 아기 돌보기가 너무나 바빴다. 아무리 정신 승리를 해봐도 매일 집으로 돌아올 땐 기분이 더러웠다. 마트 마감을 하고 돌아온 엄마가 발을 주무르며 하던 말이 떠올랐다. 일터에서는 월급만 받아오는 게 아니라고, 매일 집으로 돌아올 때 일급으로 꼬박꼬박 더러운 기분도 챙겨온다고. 정하늬는 엄마가 느꼈을 모멸감과 자신의 그것을 나란히 세워보았다. 그것들은 러시아 인형 마트료시카처럼 크기만 다르지 똑 닮아 있었다. 사포 모임에도 못 나가는 날이 많아졌다. 정하늬의 빈자리를 박상아가 채우고 있다는 소식이었다.

그러던 어느 날 피로에 몽롱해진 정하늬가 곽용권의 메일함을 확인하다 눈을 번쩍 떴다. 국어국문학과가 고산대 전체 학과 중 취업률 56위, 즉 최하위를 기록했다는 본부 공문이 학과장인 곽용권의 메일함에 도착해 있었다. 곽용권은 자신의 학교 메일 아이디와 비밀번호를 조교 이종수와 공유하고 있었고, 이종수는 그것을 다시 TA 정하늬와 공유하고 있었다. 서로에 대한 신뢰의 표현이자 일처리의 신속함을 기하라는 무언의 명령이었다.

정하늬는 빠르게 해당 사실을 곽용권에게 문자로 보고했다. 방송 녹화 중일 때가 많은 그는 전화를 걸면 질색했다. 의외로 빨리 답장이 왔다. 꼴찌라니 낭패구먼. 학과 교수 전원에게 메일을 보내 긴급 대책 회의를 소집하고 일시를 조정하게나, 내 이름으로. 넵. 정하늬는 곽용권에 빙의하여 안부와 본론과 건강 기원의 삼단 형식을 갖춘 메일을 작성한 후 수신인을 학과 교수 전체로 설정해 발송했다. 숨은 참조에 이종수의 메일 주소를 거는 것도 잊지 않았다. 발송 완료를 알리는 깜찍한 메시지가 뜨자마자 정하늬는 뭔가 잘못되었음을 직감했다. 마우스 휠이 미끄러지면서 수신자 그룹이 학과 교수 전체가 아닌 학교 교수 전체로 설정되어 버린 것이다. 다행히 수신자가 오십 명을 넘기 전에 재빨리 메일 회수를 눌렀다.

하지만 그 일로 정하늬는 보기 어렵다는 곽용권의 화난 얼굴을 목격할 수 있었다. 메일 실수야 있을 수 있는 일이지만 하필이면 내용이 국문과의 처참한 취업률과 관련된 것이라 다른 과 교수들에게 망신살이 뻗쳤다는 게 패착이었다. 그러면서도 곽용권은 본인의 메일 발송과 수신 관리를 여전히 정하늬에게 맡겼다.

그런데 뭐 어차피 취업률 순위야 총장이 맨날 주기도문처럼 중얼거리고 다녀서 다 아는 거 아닌가. 독실한 크리스천인 그는 밥 먹기 전마다 취업률 제고를 위한 기도를 올린다던데. 아무튼 그 일을 계기로 정하늬에겐 강박이 하나 생겼다. 메일 하나를 보내는 데도 삼사십 분씩 걸려가며 거듭거듭 수신인과 오탈자, 인사말을 수정하고 또 수정하는 습관이었다.

뱀의 이빨

　그렇게 실질적인 조교 업무를 보다 보니 공부는 물 건너
갔다. 정하늬는 뱀처럼 충혈된 눈을 하고 매일같이 곽용권
과 아이들이 시키는 잡무의 목을 베느라 바빴다. 베고 돌아
서면 또 자라 있는 적장의 목이었지만. 특별히 지저분한 일
을 해냈을 때마다 정하늬는 기념처럼 제 몸에 피어싱을 늘
려갔다. 승리를 기념하는 건지 패배를 기념하는 건지 확신
하지 못한 채. 어지간한 스트레스는 제 몸에 풀면 됐지만
그래도 사수 없이 일하는 것은 막막한 일이었다. 이종수가
처리하기로 했던 가짜 영수증 제작과 학술대회 보고서까
지 정하늬의 몫으로 떨어졌다. 소문에 따르면 HK 연구실
에도 이종수는 잘 나타나지 않는다고 했다.

이러구러 몇 달이 흘러 2학기도 종강에 다다랐다. 크리스마스를 앞둔 어느 날, 하루 종일 다섯 교수의 성적 처리 결과를 대신 입력하다 지친 정하늬는 입이 썼다. 탕비실 가득 채워둔 크림웨하스를 먹던 정하늬는 검은 슬랙스에 떨어진 부스러기를 털다 벌떡 일어섰다. 도저히 이렇게 더러운 바지로는, 더러운 기분으로는 귀가할 수 없었다. 편의점에서 소주 네 병을 사서 이종수의 집으로 들이닥쳤다. 학과 인명부에서 보고 외워둔 주소였다.

고산대에서 도보 이십 분 거리의 원룸. 벨을 누르자 한참의 침묵 뒤에 현관문이 열렸다. 문틈으로 들여다보이는 내부는 정하늬의 원룸과 놀랍도록 닮아 있었다. 순간 자기 집에 들어왔나 착각할 정도로 작고 초라하고 지저분했다. 뭐야, 이게 내 미래인가. 착잡한 마음이 들었다. 조교님, 아니, 선배님 정말 너무하신 거 아니에요? 저 진짜 바빠서 뒈질 거 같아요. 그러게 내가 오지 말랬잖아. 어디를요. 대학원을. 이 정도라곤 말 안 해주셨잖아요. 그걸 꼭 말로 해야 아냐. 이종수가 희미하게 웃었다. 들어와. 탁자에 소주 봉지를 내려놓았다. 그곳에는 익숙한 노트북이 검은 뚜껑을 연 채 깜박대고 있었다. 저거 허자은 교수님 거 아니에요. 맞아. 학교에 반납했어야 되는 거 아니에요? 맞아. 헐, 뭐 하고 계셨어요? 자소서 쓰고 있었지. 자소서요? 어디 티오 나왔어요? 임용 원서 내시는 거예요? 박사학위도 없는 놈이 임용은 무슨. 나 학원으로 갈 거야. 네? 친구 놈이 대구에서 꽤 큰 기숙형 재수학원을 해. 의대 정원 늘면서 장수생도 늘어서 강사가 더 필요하대. 페이도 괜찮아. 애들하고 같이 기숙사 생활이라 돈 쓸 일도 없고.

말도 안 돼요. 조교님, 조교님이 관두시면 여기 남을 사람이 누가 있어요. 이제 일루 이루 돌아 삼루까지 오셨는데, 홈플레이트가 코앞인데 왜 여기서. 삼루? 난 아직 타석에 서보지도 못했어. 하느야. 이종수가 정하늬의 눈을 똑바로 쳐다봤다. 왜 이름을 부르세요, 징그럽게. 정하늬가 일부러 툭툭거렸다.

어디선가 머그컵 두 개를 가져온 이종수가 소주를 가득 따랐다. 제 건 제가 따를게요. 그래, 넌 꼭 자작을 하더라. 허자은 교수님도 그러셨는데. 그건 아무도 허 교수님 잔을 안 채워줬으니까 그런 거죠. 그래, 그랬지. 머그컵에는 고산대학교라는 글자와 학교를 상징하는 진리의 햇불 엠블럼이 새겨져 있었다. 조교님은 정말 뼛속부터 조교님이시네요. 집에서 쓰는 물컵도 고산대 거고, 후드티도 마우스 패드도 고산대 기념품. 이제 네가 가져라. 됐거든요. 근데 조교님, 진짜 관두시려고요? 농담이시죠? 다들 한두 번씩 도망갔다 다시 돌아오잖아요, 추노한테 잡혀서. 어차피 이번 학기

215

에 졸업 못 하면 규정 학기 초과야. 연구생 등록하시면 되잖아요.

긴 침묵 끝에 이종수가 꺼끌한 뺨에 마른세수를 했다. 어머니가 편찮으셔. 아. 그의 홀어머니가 투병 중이란 소문은 들은 적이 있었다. 아들이 교수가 되기만을 기도하며 십 년째 항암치료를 버티고 있다고. 더는 여기서 이청준이 어쩌고 당신들의 천국이 어쩌고 할 여유가 없어. 이제까지 참은 내가 병신과 머저리였지. 학과장님께는 말씀드린 거예요? 이제 가봐, 곧 누가 오기로 했어. 누구요? 설마 상아 언니요? 이종수는 머그컵 가득 담긴 소주 반병을 단번에 비웠다. 정하늬도 무슨 말을 하려다 제 앞에 놓인 잔을 비웠다.

집으로 돌아오는 길, 정하늬는 스트레이트로 들이부은 소주 때문에 비틀대는 제 구두를 내려다보며 생각했다. 석사과정 입학 기념으로 산 구두였다. 이 구두가 더러워질 때쯤 나는 또 얼마나 더러워져 있으려나. 아주 그냥 시커멓게 흑화한 괴물이 되어 있으려나. 가로등 아래서 가방 속 책을 꺼내보았다. 『입 속의 검은 잎』초판본이었다. 본격적으로 주사를 부려보려던 정하늬를 현관으로 떠밀며 이종수가 정하늬의 가방 속에 쑤셔 넣었던 것. 이건 허자은 교수님 유품이야. 나보단 네가 갖는 게 나을 거 같다. 얼른 가. 그리고 몸에 구멍 좀 그만 뚫고. 노상현 교수 말 잘 들어.

216

책을 다시 가방 속에 넣고 정하늬는 비틀비틀 걷기 시작했다. 이종수의 말을 곱씹으면서. 곽용권이 아니라 노상현? 그래, 이미 변화는 시작되고 있는지도. 화무십일홍이라 했던가. 학과 내 권력 구도가 미세하게 파도치고 있다는 것을 정하늬는 감지할 수 있었다. 뛰어난 행정 능력과 테니스 실력, 술자리 융화력을 인정받은 노상현은 며칠 전 교무처장의 비호 아래 교수학습 센터장으로 임명되었다. 나이는 있지만 이제 막 임용된 조교수에겐 파격적인 인사였다. 임명장을 받은 직후부터 노상현은 늦겨울 수면 아래 물고기처럼 서서히 움직이기 시작했다. 이미 곽용권에 대한 불만들은 학과 안팎으로 넉넉히 고여 있었다. 필요한 건 마지막 한 방울의 물뿐이었다.

교수에게 첫 제자라는 건 각별한 의미가 있다. 학통을 이어준다는 상징적 의미에서도 그렇고, 소소한 돌봄을 제공받을 수 있다는 실제적 의미에서도 그랬다. 그런데 박사과정 제자인 이종수와 석사과정 제자인 정하늬를 모두 곽용권에게 뺏긴 노상현이었다. 이건 뭐, 애를 낳자마자 중전에게 올려 보내 젖 한번 못 물리게 생긴 후궁 꼴이었다. 주니어답게 살인적인 연구 실적 압박에 시달리던 노상현으로서는 제자들 도움이 필수적이었다. 이종수에게 소논문을 쓰게 시키고 거기 교신 저자로 이름을 얹어보려던 꿈이 물

건너가자 노상현은 슬슬 제 밥그릇을 매만지기 시작했다.

구회 말 투아웃 이후의 적시타처럼 분위기가 반전되기 시작했다. 본부의 굵직한 보직 교수들과 담배를 피우거나 박상아와 마주앉아 커피를 마시는 노상현을 보는 일이, 대학원생을 향해 폭언을 날리는 나상수를 보는 것만큼 쉬워졌다. 곽용권은 낯선 불안감에 휩싸이기 시작했다. 이종수와 박상아는 곽용권의 좌청룡 우백호, 아니, 일벌과 여왕벌이었기 때문이다. 그런데 일벌은 도망가고 여왕벌은 탈취당하다니. 상징물을 빼앗긴 왕은 왕일 수 없다. 옥새와 왕홀과 궁녀가 그냥 도장, 그냥 지팡이, 그냥 시종이 아닌 것처럼.

곽용권은 죽은 허자은 교수에게 하던 작업을 한 번 더 수행해야 할 필요성을 느꼈다. 한 번 해봤던 거니까 어렵진 않았다. 모욕감 선물하기, 일감 선물하기, 가십 선물하기, 세 가지만 하면 되니까. 욕되고 바쁜, 이상한 소문 속의 앨리스로 만들어주면 되니까.

하지만 이를 어쩌나. 노상현은 생각보다 영리했다. 학과 내 다른 교수들에 대한 작업 역시 완료된 상태였다. 끝이 안 보이는 곽용권의 집권에 염증이 나 있던 다른 교수들도 반색했다. 그들은 앞으로 곽용권과 함께할 나날보다는 노상현과 함께할 세월이 길다는 것을 계산해냈다. 예전의 곽용권은 연구비 자문료를 동료 교수들에게 조금씩 뿌리는 걸로 인심을 샀는데, 그런 연구비마저 젊은 학자들에게 밀리는 눈치였다. 이종수의 빈자리가 크게 느껴졌다. 그가 없는 곽용권은 앙꼬 없는 찐빵이었다.

왜, 그런 농담도 있지 않은가. 교수가 냉장고에 코끼리를 넣는 법. 냉장고를 (연구비로) 산다. 코끼리를 (연구비로) 산다. 냉장고에 코끼리 넣기 업무를 조교에게 (공짜로) 시킨다. 이제 곽용권에겐 냉장고와 코끼리를 살 돈도, 업무 지시를 할 신뢰하는 조교도 없었다. 심지어 고산대 국문과 학부생들도 젊고 똑똑하고 잘생긴 노상현을 새로 데뷔한 아이돌 센터처럼 숭배하고 사랑하기 시작했다. 그러니 상황이 허자을 때와는 달라도 몹시 달랐다.

노상현은 곽용권이 떠넘기는 각종 페이퍼 워크와 단대 TF를 거절하기 시작했고, 테니스 모임에서 친분을 튼 보직 교수들에 곽용권의 회계 처리 방식이 구리다는 냄새를 피워 올렸다. 학부생들에게는 거의 매일 밥을 사고 술을 뿌렸다. 윗사람은 입 대신 지갑을 열어야 한다는 곽용권의 말을 노상현은 몸소 실천했다. 조교수 월급이 술값으로 다 나가는 게 분명했다. 학생들은 공무원시험을 때려치우고 대학원에 진학하겠다고 아우성을 쳐댔다. 이종수와 정하늬, 단 둘뿐이던 현대소설 팀이 갑자기 지원자가 가장 많은 전공이 되었다.

반면 신선미가 떨어져버린 곽용권 밑으로는 신규 석사과정 학생이 없었다. 신입생 서류 마감일인 11월 18일이 넘어서도 지원자가 0명이었다. 부패와 쇠퇴의 냄새는 금파리처럼 기가 막히게 맡는 것이 사람, 사람이었다. 곽용권은 이후 한참을 뼈저리게 후회하게 되는 결정적 실수를 저질렀다. 차라리 가만있었으면 나았을 것을, 장미옥 여사를 비롯한 인문학 강좌 수강생들을 석사과정에 대거 지원시킨 것이다.

이 과정에서 무리수를 두게 되었다. 유관 학과 졸업생도 아닌 데다 토익 점수도 없는 이들을 무리하게 뽑으려다 보니 지원 자격 규정을 다급하게 변경해야 했다. 다른 교수들의 불만이 터져 나왔다. 떨어질 떡고물도 없는데 귀찮고 남사스러운 일만 늘어난 셈이었으니까. 쿠션 역할을 해주던 이종수가 사라지니 그동안은 시원스럽다는 평을 받던 곽용권의 일처리 방식이 거칠고 투박하며, 심하게 말하자면 무식해 보였다. 아니, 아무리 아무나 다 오는 대학원이라 해도 「관동별곡」을 김소월이 썼다는 사람까지 받으면 어떡합니까. 한글 프로그램도 못 다루는 사람한테 무슨 지도를 하라고. 그게 다 우리 일거린데. 이건 테러죠, 테러. 곽용권이 없는 학과사무실에서 그를 성토하는 목소리들이 세를 타기 시작했다. 이종수까지 탈주했다는 소식이 알려지자 인문대의 모든 교수, 조교, 학생 들이 안타까움을 금치 못했다. 꼿꼿하던 청년 이종수, 촉망받던 국문과의 황태자, 고산대 창립 이래 최고의 조교였던 그의 정기를 쪽쪽 빨아먹은 학과장 곽용권의 악명이 단대 담장을 넘어갈 정도였다.

마침내 그 모든 목소리가 제 볼륨을 최대치로 높였을 때, 노상현이 가득 찬 잔에 물 한 방울을 떨어뜨렸다. 크리스마스이브, 2학기 마지막 학과 회의 직전이었다. 이종수에게서 배운 대로 테이블 세팅을 마친 정하늬는 문득 그가 그리워져 인터넷 창에 기숙학원 이름을 검색했다. 강사 소개 카테고리 맨 하단에 왁스 바른 머리를 하고 어색하게 팔짱을 끼고 있는 이종수가 나타났다. 살이 쪄서 그런지 입고 있는 검은 재킷이 꽉 껴 보였다. 대형 학원 경력과 여러 모의고사 출제 경력이 빼곡한 다른 강사들과 달리 이종수의 프로필은 딱 한 줄이었다. 고산대학교 대학원 국어국문학과. 최종 학위도, 졸업 여부도 드러나지 않게 고심된 것이 분명했다. 그 쓸쓸한 한 행을 주시하던 정하늬는 휴대폰에 도착한 메시지 알림에 후다닥 인터넷 창을 닫았다.

노상현의 독촉 문자였다. 지난 6월 학과 통장 입출금 내역을 보고하라던 그의 뜬금없는 지시를 잊고 있었다. 파란 윈도우 바탕화면에 있는 농협 아이콘을 눌렀다. 인터넷뱅

킹에 접속한 후 이종수가 알려준 공인인증 정보로 로그인을 했다. 해당 월의 모든 입출금 내역을 오래된 순서로 정렬하여 엑셀 파일로 다운받고 인쇄 버튼을 눌렀다. 프린터는 에이포 용지를 느리게 삼켰다 뱉어냈다. 정하늬는 두 장짜리 에이포 용지 문서에 검은 클립을 끼웠다.

인쇄된 표에 따르면, 6월은 다른 달보다 입금 내역이 많았다. 6월 3일과 4일에 걸쳐 총 마흔 건의 입금이 있었다. 금액은 십만 원씩으로 동일했다. 정하늬는 빠르게 이름의 개수를 세었다. 총 마흔한 명, 아니, 허자은을 제외한 마흔 명의 인문대 교수가 짠 것처럼 십만 원씩 부의금을 냈다. 도합 사백만 원. 그동안 허자은을 괄시했던 것에 대한 마음의 짐을 덜려는 이유였을까.

맥도날드 알바를 하느라 문상을 가지 못했던 정하늬가 건넨 오만 원을 받아 들며 이종수가 했던 말이 기억났다. 이건 잘 전할게. 네, 조교님. 교수님들 부의까지 대신 다 전달하시려면 힘드시겠어요. 괜찮아, 인문대 교수님들 건 어차피 학과 통장으로 받고 있거든. 모아서 한 번에 인문대 상조회 이름으로 유가족분께 계좌이체 하기로 했어. 요샌 부조도 계좌이체가 대세잖아. 그렇죠. 손님이 없던 아빠의 장례식을 떠올리며 정하늬가 대꾸했다.

이종수의 말과 달리 그 돈들이 어딘가로 이체된 흔적은

전무했다. 정하늬는 에이포 용지의 두 번째 장을 넘겨보았다. 6월 14일 오전 9시 6분. 사백만 원이 출금되었다. 정하늬는 그날을 기억하고 있었다. 시험을 망친 날은 잊기 어려우니까. 그날은 곽용권이 한국고전시가론 기말고사 감독을 이종수에게 맡긴 채 전원주택에 연못 하나를 또 파러 간 날이었다. 건장한 대학원생 몇 명을 일꾼으로 달고서. 6월에 연꽃을 심으면 늦다고 학기 내내 조바심을 내던 곽용권은 공식 종강일까지 기다릴 여유가 없었던 것이다.

강의 시간 내내 읊어대던 그놈의 연꽃 타령. 돌로 연못을 쌓고 수련을 심을 거라는 둥, 그 옆엔 향나무와 오죽도 심을 거라는 둥, 08급 포클레인 두 대를 부르는 데 이백만 원, 15톤 덤프 두 대의 돌값이 백만 원, 일꾼들 삯이 또 백만 원은 든다는 둥. 아아, 여기도 또 합이 사백만 원. 정하늬는 박상아의 허벅지를 파고들던 곽용권의 손이 연꽃잎을 쓰다듬는 장면을 상상했다. 점심시간에 급히 먹었던 라면이 역류하는 느낌이었다.

순간 모니터 화면이 시커멓게 변했다. 격무에 시달려온 컴퓨터는 얼마 전부터 블랙 스크린 현상을 보였다. 그때마다 본체를 몇 대 쥐어 패는, 문자 그대로의 의미에서 주먹구구로 정하늬는 대응했고, 그렇게라도 하고 나면 스트레스가 풀리는 것 같았다. 늘씬하게 얻어맞은 컴퓨터는 다시 원래의 파란 화면으로 돌아오곤 했다. 기계도 주인을 닮는가 보구나. 쭉쭉 다 눌러 써먹은 거 같아도 쥐어짜면 또 나온다고 해서 정하늬의 새 별명은 치약이었다.

쪽쪽 빨린 사탕, 쭉쭉 짠 치약. 정하늬는 주먹을 꾹 쥐고 컴퓨터 본체를 세게 내려쳤다. 이번엔 소용이 없었다. 젠장, 손만 아프네. 투덜대며 장치 관리자로 들어갔다. 그래픽 드라이버는 최신 버전, 디스플레이 모드도 정상. 그럼 시스템 파일 손상이겠네. 정하늬는 명령 프롬프트에서 DISM / Online /Cleanup-Image /RestoreHealth 명령어를 입력했다. 꽤 긴 시간이 흐르고 메시지가 나타났다. '복원 작업을 완료했습니다.'

화면이 파란색으로 돌아왔다. 동시에 교수들이 학과사무실로 들어서기 시작했다. 안녕하십니까, 교수님. 벌떡 일어나 배꼽인사를 하는 정하늬의 곁을 교수들이 고개를 끄덕이며 스쳐 지나갔다. 이야, 우리 정하늬는 또 종이 대신 몸에 소설을 쓰네. 곧 원고지 여백이 없어지겠는데. 제발 닥쳐주면 좋으련만 김태진은 오늘도 재미없는 농담을 시도했다. 그래, 너희 같은 중생들이 지랄할 때마다 온몸에 반야심경 새기느라 성불하시겠다. 속으로 중얼거리는 정하늬의 어깨를 툭툭 두드리며 노상현이 손을 내밀었다. 뭐야, 악수를 하자는 건가. 정하늬는 어리둥절해서 손을 내밀었다. 노상현이 픽 웃었다. 아니, 손 말고 서류. 아, 네. 무안해진 정하늬가 얼른 프린터가 뱉어놓은 에이포 용지를 내밀었다. 그걸 들여다보는 노상현의 얼굴에 생기가 번득였다.

마지막으로 보무도 당당하게 나상수 교수가 입장했다. 그는 학생들의 인사를 받아주지 않는 것으로 유명했지만 그렇다고 이쪽에서 인사를 하지 않았다간 사달이 났다. 왜 인사를 안 받냐고? 눈이 안 좋냐고? 그럴 리가. 고산대 국문과 교수 중 유일하게 안경을 쓰지 않는 그는 시력이 좋았다. 제 몸을 끔찍이 여기는 데다 책상에 루테인을 비롯한 영양제를 한국문학 전집처럼 늘어놓아 별명은 약쟁이.

다만 그는 아직 '사람' 급이 아니라고 생각되는 이의 인사는 받지 않았다. 투명 망토의 발명을 기다릴 필요도 없었다. 나상수에게 인사를 해보면 망토 없이도 투명 인간이 되어보는 신선한 경험을 할 수 있었으니까. 아, 물론 그가 모든 인사를 깡그리 씹어 먹는 건 아니었다. 정교수에겐 먼저 인사를 했고, 부교수의 인사엔 답례를 했다. 조교수나 시간 강사에게는 희미한 목례를. 그러니까 박사학위증을 강시처럼 이마빡에 붙이고 있어야 비로소 나상수의 눈에 '보이는 존재'가 될 수 있었다. 정하늬는 아직 쑥과 마늘을 먹은 지 하루밖에 안 된 곰에 불과했다. 혹은 언제 도망갈지 모를 호랑이거나.

부랴부랴 커피를 타던 정하늬는 노상현의 입에서 나온 말을 듣고 귀를 의심했다. 허 교수님 돌아가신 지도 반년이 넘었는데 해 넘기기 전에 문집이라도 하나 내야 하지 않겠습니까. 말이야 바른 말이지, 그래도 칠 년을 근속하신 분인데 추모가 너무 무성의했던 것 같습니다. 교수들의 눈이 휘둥그레졌다. 신임 교수가 온 후 그 이름은 금기어가 되었는데, 노상현 본인이 몸소 죽은 허자은의 망령을 학과 회의 테이블로 데려온 것이다.

곽용권이 툭 내뱉었다. 뜬금없이 문집은 무슨 문집. 인용되는 논문도 없는 사람을. 노상현이 점잖게 고개를 가로저었다. 그렇잖아도 제가 허 교수님 논문을 좀 읽어봤는데요. 적절한 간격을 둔 후 목소리를 깔았다. 편 수는 적어도 문장이 좋던데요, 화두도 묵직하고. 그럼 몸집이 그만한데 글도 묵직하겠지. 곽용권의 말에 평소와 달리 아무도 웃지 않았다.

허 교수님 논문들을 책으로 묶고 추모사나 에세이를 좀 붙여보면 어떨까요. 학과 교수님과 대학원생이 한두 편 쓰면 단행본 한 권 분량은 나오지 싶습니다. 이종수 조교는 관뒀으니 정하늬가 대학원생 대표를 맡고, 교수 대표로는 곽 선생님이 어떠실까요. 허 교수님과 원체 각별하셨지 않습니까. 학과장님 대신 선생님이란 표현을 쓰며 노상현이 곽의 눈을 바로 보았다. 매끈한 곽용권의 이마에 푸른 핏줄이 지렁이처럼 꿈틀거렸다. 보톡스 넣은 지 얼마 안 돼서 힘주면 안 될 텐데. 정하늬가 안타깝게 곁눈질을 했다.

노 교수가 아직 젊어서 그런가, 경우를 모르는구먼. 어디다 대고 이래라 저래란가, 내가 요새 얼마나 바쁜지 몰라? 선생님 바쁘신 거야 제가 잘 알지요. 오죽 바쁘시면 학과 통장으로 받은 허 교수님 부의금도 아직 유족분께 이체를 안 하셨더라고요. 문집 작업 기획하면서 제가 유족분께 연락을 취해봤거든요. 추모 문집 봉정식 때 유족도 참석하셔야 모양새가 좋으니까요. 유……유족? 네, 허 교수님께 오빠분이 계시더라고요. 허자곤 선생님이시라고. 이종수 조교에게 전화해 그분 연락처를 알아낼 수 있었지요. 장례식장에서 떡집 명함을 받아뒀다더군요. 잠깐 통화해본 거지만 엄청 다혈질이시던데요. 아무튼 그분은 인문대에서 모았던 부의금에 대해 모르고 계시더라고요. 어떻게 된 건지 알아보고, 봉정식 때 꼭 전달하기로 약조를 했습니다.

그, 그래. 돈 문제야 이종수 조교가 알겠지. 학과 통장 업무는 조교가 일임해서 처리해왔잖은가. 그렇겠죠? 안 그래도 제가 조만간 이 조교, 아니, 종수랑 한잔하기로 했으니까 물어보겠습니다. 노상현이 뜻있게 웃었다. 곽용권의 얼굴이 백옥 주사라도 맞은 것처럼 하얗게 질렸고, 나머지 교수들은 넷플릭스 드라마 보듯 그것을 관람하고 있었다. 아무튼 난 문집은 반댈세. 지금 학과에 해결할 일이 한두 개가 아닌데, 특히 그놈의 취업률 제고 사업부터 일단은……

노상현이 곽용권의 말을 막아선다. 전 문집 꼭 필요하다고 봅니다. 그런 리추얼을 잘 챙기는 게 집단의 품위랄까, 기품이랄까, 그런 걸 보여주는 거 아니겠습니까. 그리고 취업률 말씀을 먼저 꺼내셨으니까 말인데요. 자꾸 이런저런 사업을 벌이는 것보다 학과 내부의 쇄신부터 시작하는 게 어떨까요. 뭐라고? 학과장님께서 그동안 학과 발전에 분골쇄신해오신 것은 잘 알지만 그 결과가 일단 취업률 수치로 봤을 땐 처참하기 그지없지 않습니까. 엄한 분골이 아니라 시스템을 쇄신해야 할 때가 아닌가 싶습니다. 다른 학과도 순번을 정해 이 년에 한 번씩 학과장을 임명하고 있고요. 이게 뭐, 돈은 월 삼십만 원밖에 안 되고 잡무만 많은, 그야말로 봉사직 아닙니까. 연세 있으신 곽 선생님이 괜히 고생하실 일이 못 됩니다. 그런 거야 저같이 새파란 주니어가 해야 하는 게 아닌가 싶습니다.

결국 폭발한 곽용권이 소파를 박차고 벌떡 일어나 노상현의 멱살을 잡았다. 이, 이 나쁜 새끼. 은혜도 모르는 새끼. 이래서 머리 검은 짐승은 키우는 게 아니라더니. 내, 내가 네놈 새끼를 뽑으려고 시범강의 점수 순위도 무리를 해서 바꿨는데. 바둑을 할 때도, 회의를 할 때도 흥분하면 자충수를 두는 게 곽의 습성이 분명했다. 정하니는 침을 꿀꺽 삼키며 다른 교수들의 얼굴을 훑었다. 세상에 돈 한 푼 안 내고 이런 구경을 할 수 있다니, 어디 가서 팝콘이라도 사오고 싶은데, 하는 표정들이었다. 옛날 옛적 곽에게 반항을 시도해봤다던 김태진은 십 년 묵은 체증이 쑥 내려간다는 표정을 짓고 있었다. 반면 노상현의 얼굴은 관음보살처럼 음전하고 평온했다.

선생님, 왜 이 새끼, 저 새끼 하십니까. 방송도 나오시는 분이 이러시면 안 되지요. 뭐, 뭐라고? 배은망덕이라고 하시면 제가 좀 섭섭합니다. 그동안 제가 얼마나 열심히 서포트해드렸습니까. 특히 선생님이 꼭 한번 가보고 싶으시다던 하와이 국제학술대회행 성사시키느라 고생 좀 했습니다. 유세하는 건 아닙니다만 그 학회 포스터 발표 경쟁률이 얼마나 치열한데요. 알지도 못하는 분야 논문 초록을 쓰느라 제가 만년필 잉크를 한 통 다 비웠지 뭡니까. 점잖게 넥타이를 바로 잡는 노상현의 재킷 앞주머니에는 만년필 한 자루가 꽂혀 있었다. 은빛 실크를 배경으로 번쩍이는 붉은 뱀의 눈. 곽용권은 차마 말을 잇지 못하고 아침 드라마 배우처럼 뒷목을 부여잡았다.

배은망덕한 자식은 뱀의 이빨보다 아프다고 했던 게 리

229

어왕이었나. 제가 주워 온 돌로 제 발등을 찍으면 더 아플게 자명했다. 정하늬는 곽용권의 얼굴을 찬찬히 들여다보았다. 404호에 찬밥처럼 담겨 조용히 공부만 하던 허자은이 나왔다는 뒤늦은 후회가 몰려오는 눈치였다. 때마침 서류를 떼러 온 학부생 몇 명이 그 광경을 목격한 눈치였지만 정하늬는 굳이 그들을 쫓아내지 않았다. 곧장 고산대 국문과 모든 학생에게 실황중계를 해줄 특파원들이었으니까.

슈

결국 해가 바뀌자마자 학과장 임용 공문이 내려왔다. 노상현이 새롭게 고산대 국문과 학과장이 되었고, 곽용권은 보직 해제되었다. 1학기 개강과 함께 그동안 번개 모임처럼 불규칙적으로 열리던 학과 회의를 노상현은 일주일에 일 회로 정례화했는데, 그게 꼭 곽용권이 별장에 내려가 있는 목요일이었다. 각종 학교 정책과 가십, 중요한 안건들에서 곽용권이 제외되기 시작했다. 조교인 정하늬가 회의록을 곽용권의 메일로 보내긴 했지만, 이미 과반수로 결정된 사항들을 사후 보고받는 것은 의미가 없었다.

노상현은 이종수가 빠진 HK 연구단에 박상아를 꽂아 넣었다. 그동안 노골적으로 학과의 연구와 세미나에서 배제

되던 박상아는 기뻐서 깡충깡충 뛸 지경이었다. 그뿐이 아니었다. 이종수가 나가는 바람에 박사과정생이 없어진 노상현의 논문 지도 강좌는 정하늬만 수강하고 있었는데, 박상아도 여기 청강생으로 참여하기 시작했다. 세부 전공이 다른 대학원 강의를 듣는 건 드문 일이 아니었지만 논문 지도 과목은 지도교수의 것을 듣는 게 상례였다. 아무리 학점에 포함되지 않는 청강이라 해도, 아니, 청강이라서 곽용권의 불안은 더욱 고조되었다.

강의하던 노상현이 담배를 피우러 나간 사이 박상아가 속살거렸다. 하늬야, 너 요새도 소설 써? 조교 일하면서 쓰는 공문들이 소설이라면 소설이죠, 그런데 왜요? 정하늬가 뚱하게 대답했다. 그, 곽용권 교수님 따라다니던 팬클럽 중에 장미옥이라고 등단한 분이 있거든. 아, 저도 알아요, 그분. 목사님 사모님 아니세요? 맞아, 그분이 얼마 전에 우리 아빠 한의원에서 약을 지어 가셔서 내가 감사의 의미로 콤비타 마누카꿀 세트를 보내드렸거든, UMF20 등급으로. 그분도 안목은 있는 분이니까 그게 얼마나 비싼지 아신 모양이야. 고맙다며 차 한잔하자고 하시는데 어른이 부르시니 또 가는 게 예의잖아. 박상아가 양갓집 규수처럼 새초롬하게 말했다. 언니가 좀 예의 바르긴 하죠. 정하늬가 웃었다.

인터불고호텔 커피숍에서 만났는데 그분이 나한테 뭐라시는 줄 알아? 고맙대. 뭐가요? 자기가 그동안 곽한테 그렇게 돈을 썼는데도 답례로 껌 하나를 못 받아봤대. 그래서 내가 보내준 꿀에 너무 감동했대. 마침 자기 아들딸이 비염이 심한데 그걸 먹고 좋아졌다나. 우리 아빠 감비환도 효과가 드라마틱하다고. 그러고 보니 여사님 엄청 슬림해지셨더라고. 아무튼 그러면서 곽 교수님 욕을 하는데, 와, 정말 너무했더라고. 그분이 곽 교수 욕을 했다고요? 원래는 팬클럽 회장 아니에요? 너 모르는구나. 변심한 팬클럽 회장이 안티 회장 되는 거야. 그런 거예요? 그럼. 등단시켜준다고 희망 고문하면서 시시때때로 버버리 목도리며, 샤넬 옴므 화장품이며, 골프채며 받아 챙겼다는 거야. 특히 토즈 구두에 환장해서 신상 나올 때마다 사다 바쳤대, 꼭 사모님 거랑 커플로. 너 그거 얼만 줄 알아? 그럴 리가요. 커플 슈즈면 네 조교 월급이랑 비슷할 거야. 쓉, 정하늬는 제 발에 신긴 짝퉁 크록스를 내려다보았다. 아무리 뛰어 다녀도 소리가 안 나는, 유능한 유령 같은 존재여야 하는 조교에게 제격인 고무 신발.

아무튼 추석, 설, 생일 때는 팬클럽 회원들이 돈 쫙 걷어서 한우 세트 보내고, 그놈의 별장에서 한 달에 한 번씩 모일 때마다 바리바리 음식을 싸 가야 했대. 포트럭 파티처럼 요리 하나씩 맡아서. 사실 장 여사님 알짜 부자거든. 김밥 한번 말아본 적 없는데, 그 별장에선 죽도록 설거지를 했대. 더 웃긴 건 이거야. 곽용권이 자기 고등학교 동창 모임에까지 장미옥 여사를 초대했대. 처음엔 혹시 문인들이나 비평가들 모임인가 싶어서 맨발로 달려 나갔는데, 웬걸 그냥 중구난방 아저씨들이더래. 구석에 앉아서 폰만 하다가 일어났는데 다들 여사님만 쳐다보고 있더래. 돈 내란 뜻인 거지.

아무튼 실망이야. 허자은 교수님이 그립다니까. 그때 허 교수님이 나한테 뽀뽀한 거 곽용권한테 괜히 말했나 봐. 뭐라고요? 정하늬의 꼬막눈이 경악으로 떡 벌어졌다. 곽한테 논문 지도 받다가 학회 발표문 내가 쓴 게 아니란 걸 딱 들켰거든. 누가 그렇게 어려운 글을 써줬냐고 볶아치는데 별수 있나, 허 교수님이 써주셨다고 했지. 제발 문제 삼지 말아달라고, 허 교수님이 순수하게 날 좋아하셔서 그러신 거라고 눈물 연기까지 하면서 변호했다고. 그런데 뭐, 그렇다고 나나 곽 때문에 그렇게 되신 건 아닐 거야. 사실 언제 돌아가셔도 이상할 게 없는 상태셨잖아. 그래도 찜찜해서 허 교수님이 주신 책도 종수 오빠한테 넘겼어. 가지고만 있어도 뭔가 불길한 느낌 알지?

그때, 엷은 담배 냄새와 함께 노상현이 들어섰다. 우리 자매넘들 무슨 대화를 그렇게 은밀하게 나누시나. 어머, 교수님, 엿들으시는 거 반칙. 박상아와 노상현이 눈을 맞추고 웃었다. 이어진 수업 내용을 정하느는 전혀 기억하지 못했다. 강의가 끝난 후 벌벌 떨리는 다리로 학과사무실까지 내려왔다.

어느새 밤 열시가 넘어 있었다. 이종수가 근무하던 시절부터 한 번도 바뀌지 않은 도어록 비밀번호를 누르고 낡은 나무문을 밀었다. 안에는 차고 컴컴한 공기가 토사물처럼 고여 있었다. 불을 켜지 않은 채 들어가 자리에 털썩 앉았다. 묘한 이질감이 들었다. 대충 빼두었던 의자며, 온갖 서류로 너저분하던 책상이 정갈하게 정리되어 있었다. 맞은편 이종수의 자리에 잘못 앉았나 싶을 정도였다. 하지만 구석에 놓인 츄파츕스 통을 보면 제 자리인 게 확실했다. 정하느는 책상 한쪽에 무언가가 놓여 있음을 발견했다.

검고 묵직한 노트북이었다. 이종수의 원룸에서 보았던 것. 아니, 그 전에 허자은 교수의 연구실에서 보았던 것. 이게 여기 왜……. 천천히 노트북 덮개를 열고 전원 버튼을 눌렀다.

바탕화면엔 압축파일 하나와 한글 파일 하나가 다였다. 압축파일 제목은 '내 삶의 한 연구', 한글 파일 제목은 '내 죽음의 한 연구'. 커서가 두 파일 사이에서 진자운동을 했다. 삶부터 들여다볼까, 죽음부터 들여다볼까. 흠, 그래도 역시 서사는 시작에서 끝으로 향해야 자연스럽겠지. 망설이던 정하늬는 압축 파일을 선택하고 해제 버튼을 눌렀다. 용량이 어마어마했다.

마침내 해제 작업이 끝났을 때 무수한 폴더들이 하나하나씩 알몸을 드러냈다. 폴더들은 연도별로 하나씩 생성되어 있었고, 다시 그 안으로 들어가면 교수들의 이름을 딴 하위 폴더들이 자리하고 있었다. 허자은과 노상현을 제외한 나머지 교수들, 그러니까 명예교수인 마대흥부터 곽용권, 박준구, 김태진, 나상수. 그 모든 폴더 속 파일의 제목을 확인하는 데만도 적잖은 시간이 걸렸다.

그 안에는 지난 구 년간 그들이 저지른 모든 소소한 부조리들, 그러니까 조교 이종수의 업적이 고스란히 압축되어 있었다. 이종수의 일기이자 작업 일지라고 할 수 있는 파일들. 심지어 통화 내역 음성파일과 영수증 포토샵 이미지들, 조작된 회의록이나 심사 점수들까지 꼼꼼하게 정리되어 있었다.

도대체 이 많은 걸 언제……. 정하늬는 아무 파일이나 무작위로 골라 열어보았다. 곽용권이 박준구 교수에게 보낸 메일 본문을 PDF 파일로 떠놓은 것이었다. 새 총장 후보 일곱 명 중 곽용권이 미는 후보를 지원 사격해주면 박준구의 공공기관 채용 실태 적발 건을 무마해주겠다는 내용이었다. 박준구가 제 조카를 대학 본부에 꽂아넣은 것이 정기 전수조사에서 걸려든 모양이었다. 나아가 곽용권은 학과 분위기를 흐리는 허자은을 재임용 심사에서 탈락시키고 똑똑한 새 교수를 채용하는 데 힘을 모아보자며 독려하고 있었다. 이 역시 총장 후보와는 이미 충분히 '소통'된 내용이라며.

마우스를 마구 눌러 폴더 밖으로 나왔다. 구역질이 치솟았다. 아까 404호 연구실에서 먹었던 박상아의 쿠키가 목구멍을 타고 역류했다. 정하늬는 학과사무실을 박차고 나가 복도 끝 화장실로 달려갔다. 깨진 변기 뚜껑을 열고 밀가루 반죽을 게워냈다. 드문드문 검은 초코칩이 섞여 나왔다. 한참을 꿀렁이던 몸이 겨우 멈췄을 때, 마지막 남은 덩어리가 울컥 콧구멍으로 흘러나왔다. 지독하게 맵고 따가웠다.

흐르는 눈물과 침을 소매로 닦아낸 뒤 곰팡이 핀 타일 바닥을 짚고 비틀비틀 일어섰다. 변기 레버를 누르기 전 안에 고인 것을 바라보았다. 짙고 끈적한 무정형의 덩어리. 그것은 마치 모든 존재가 태어나기 이전의 상태, 혹은 죽어버린 이후의 상태처럼 보였다. 물을 내렸다. 낡은 인문대 화장실은 수압이 약했다. 묵직한 상태로 멈춰 버티던 그것은 결국

물살에 패이며 한바탕 으깨지더니 빙글빙글 회전하며 구멍 속으로 사라졌다.

물 양치를 한 후 자리로 돌아가 두 번째 파일을 열었다. 내 죽음의 한 연구. 빠르게 그것을 읽어낸 정하늬는 이것이 허자은이 말했던 소설인지, 아니면 그의 일기나 자서전인지 확신할 수 없었다. 어느 쪽이든 분명한 사실이 있었다. 허자은에겐 발화하고 싶은 고통이 있었다는 것. 메우고 싶은 구멍이 있었다는 것. 맛보고 싶은 달콤함이 있었다는 것. 정하늬는 그 글을 인쇄한 후 서랍 가장 깊은 곳에 넣어두었다. 내 서랍 속의 검은 잎. 언젠가는 종이배처럼 접어 강물 위에 띄워 보내야 할 검은 잎.

추모식 준비가 이어졌다. 식은 5월 문학의 밤 행사를 겸해 열릴 예정이었다. 장소는 예년과 달리 학교로 정해졌다. 해마다 되풀이된 술판이며 노래방 추태를 막기 위한 노상현의 결단이었다. 호스피스 병원에 있던 허자곤은 병든 몸을 이끌고 참석하겠다는 의사를 밝혔다. 누이를 위한 추모식인데 자기가 귀신 형용으로라도 가야하지 않겠냐며.

아, 물론 몇 번이나 부의금 액수를 확인하는 것으로 보아 허자은을 기리기 위해 온다기보다는 못다 챙긴 돈을 기리기 위해 오는 것이 자명해 보였지만. 허자곤에게 전달해야 할 부의금은, 공식적으로는 이종수 조교가 착복했다가 뱉어낸 것으로 처리되었다. 물론 학부생들이 열심히 입을 놀려준 덕분에, 실상 그 돈이 곽용권의 별장 꾸미기 놀이에 쓰였다는 걸 모르는 사람은 없었지만.

정하늬는 추모 문집 편집에 공을 들였다. 그러느라 한 달이 멀다 하고 제 몸에 박아 넣던 문신도, 뚫어대던 구멍도 잊었다. 얼마 전까진 그런 행위들로만 지독한 허기를 견딜 수 있었다. 어떨 때는 아침에 간 피어싱 숍을 저녁에 또 가기도 했으니까. 맥도날드 매니저도 너는 버는 돈을 다 구멍 뚫는 데 쓰냐며 혀를 차곤 했다.

하지만 문집을 만드는 동안은 허기가 잊혔다. 남의 구멍을 메워주다 보면 내 구멍도 메워지는 건가. 허자은의 연구물만으로도 문집 분량은 충분했다. 거기에 허자은의 등단작인 동시를 수록하고, 허자은과 같은 현대문학 전공자인 노상현이 쓴 연구논문과 정하늬가 준비한 추모사를 앞뒤로 붙였다. 예상대로 곽용권은 글쓰기를 끝까지 거부했다.

곽용권은 연구실 이사를 한 뒤, 아니, 당한 뒤 강의 때를 제외하곤 학교에 잘 나타나지 않았다. 전공 강의 수강생도 많지 않았고 그나마도 이러닝으로 대신할 때가 많았다. 별장에 틀어박혀 연꽃만 주무르고 있는 날이 많다는 소문이었다.

곽용권은 원래 복도 끝에 있어 화장실에서 가장 멀고 면적이 넓게 빠진 401호를 차지하고 있었다. 그런데 인문대 학장이 그 연구실을 노상현에게 주고, 곽용권에게는 노상현이 쓰던 404호를 쓰라고 명했다. 표면적으로는 노상현이 인문대 부학장을 겸하게 되면서 업무 공간이 더 필요해졌다는 이유였지만, 그건 누가 봐도 핑계였다. 곽용권으로선 그토록 두려워하던 뒷방 늙은이, 아니, 냉방 늙은이가 된 셈이었다. 아직도 허자은의 흔적이 남아 있는 404호에서—노상현은 허자은의 커피머신을 거기 그대로 두었다. 무척 고가의 제품으로 커피 맛이 기가 막히니 곽 선생님도 꼭 맛보시라며—정년이 될 때까지 버텨야 할 그의 신세가 딱할 지경이었다.

학과나 단대 일에 개입을 좀 해보려고 해도 결재 라인은 몇 주 묵은 변비처럼 꽉 막혀버렸다. 학과장 겸 부학장 결재부터 승인이 나지 않았고 단대 학장한테 직접 가서 하소연을 해봐도 소용없었다. 학장은 이미 똑똑하고 젊은 노상현이 자신에게 훨씬 유능한 수족임을 파악한 터였다. 그나마 곽용권과 친했던 교무처장은 이번 학기를 끝으로 명예퇴직을 하고 손주 재롱이나 흠뻑 관람할 예정이었다.

교수들이 원수가 되는 세 가지 이유. 인사, 돈, 공간. 인사 하나를 잘못한 바람에 돈과 공간 모두 뺏기게 생긴 곽용권이었다. 호랑이 새끼를 키웠지. 내 눈을 내가 찔렀구먼. 이따금 404호 바깥으로 그런 중얼거림이 흘러나온다는 소문이 있었다.

마침내 문학의 밤 행사 전날, 마지막 편집을 끝낸 정하늬는 기지개를 켰다. 오랜 컴퓨터 작업으로 눈앞이 흐릿했다. 인공눈물을 넣어봐도 뻑뻑한 안구를 손등으로 마구 비비고 마른세수를 했다. 조금 갠 눈으로 다시 모니터를 더듬거렸다. 허자은교수님추모문집.hwp. 문집 파일 데이터를 첨부하고, 주소록에 있는 단골 인쇄소 메일을 클릭했다. 내일 오전이면 인쇄된 문집이 학과사무실로 배송되어 올 터였다.

그때 정하늬의 머릿속에 번뜩 구멍이 뚫리며 무언가가 흘러내렸다. 피어서의 송곳이 통과한 곳으로 분출하는 진물처럼. 더럽고 깨끗한, 찝찝하고 개운한 그런 무언가가. 정하늬는 보내려던 메일을 취소하고 문집 파일을 다시 열었다. 자신이 썼던 추모사를 깡그리 지워버리고 바탕화면에 띄워져 있던 '내 죽음의 한 연구' 전문을 긁어 붙였다. 허자은교수님추모문집_최종.hwp. 새 이름으로 저장을 눌렀다.

정하늬는 자신의 메일 계정에서 로그아웃한 뒤 곽용권이 사용하던 메일 계정으로 로그인했다. 새 문집 파일을 첨부하고, 거기에 더해 바탕화면에 있던 '내 삶의 한 연구' 압축 파일을 추가했다. 용량이 상당해서 대용량 첨부만 가능하다는 메시지에 '예'를 클릭한 뒤 전송 버튼을 눌렀다. 발신인 곽용권, 수신인 고산대 전체 교수. 전송 완료 메시지가 뜨는 데는 그리 오래 걸리지 않았다.

컴퓨터를 끄고 컴컴한 복도로 나갔다. 5월인데도 냉기가 가득했다. 크록스를 끌며 더듬더듬 계단을 내려갔다. 인문대 1동 1층에 있는 사포 동아리방 문고리를 돌렸다. 문은 열려 있었다. 하긴 여기 훔쳐 갈 거라곤 아무도 읽지 않는 글밖에 없으니, 세상에 이보다 안전한 곳은 없지. 요강만 있으면 완벽하겠네. 형광등 불을 반만 켠 정하늬가 벽 한쪽에 걸려 있는 검은 재킷을 바라보았다.

허자은의 재킷. 거대한 구멍을 가리기 위해 걸쳤던 전신 갑주. 정하늬는 벽에서 재킷을 내려 천천히 제 몸에 꿰어보았다. 몸피가 작은 정하늬에게 옷은 담요처럼 컸지만 그래서 포근했다. 재킷의 손목 부분이 반들반들하게 닳아 있었다. 얼마나 많은 읽고 쓰기 속에서 닳아졌을까. 소매 끝단을 한 겹 접어 올렸다. 맨 처음 새겼던 문신이 드러났다. feuille noire. 푀유 누와르. 검은 잎.

정하늬는 다시 재킷 소매에 납작한 코를 가져다 댔다. 귓가에서 허자은의 더듬대는 목소리가 들려왔다. 제, 제니의 새, 생크림 냄새. 예, 예나의 라, 라일락 꼬, 꽃잎 냄새. 바, 박상아의 쿠, 쿠키 냄새. 그, 그리고 하, 하늬 네 구, 구멍에서 나던 피, 피고름 냄새. 정하늬는 그 모든 냄새를 흠뻑 들이마셨다. 허자은이 입속에 품고 있던 마지막 단어, 그건 달콤함이 아니었을까, 생각하며 그의 이름을 불러보았다. 슈, 슈, 하고.

작가의 말

어떤 달콤한 세계를 동경하며 다가갈 때의 두려움, 그 세
계가 끔찍이 부패해 있는 걸 목격할 때의 놀라움, 어느새
자신이 그 세계의 일부가 되었음을 인지할 때의 구역감. 그
리하여 완성되는 수치심의 삼각형. 철회와 환멸과 자기 파
괴, 세 개의 꼭짓점을 돌아온 뒤 도형 밖으로 탈주하고자
그은 선분이 이 소설이었다. 삶과 죽음, 그 사이의 구멍을
탐구하는 세 인물에 대해 쓰며 비로소 그 안으로 빨려 들어
가지 않을 수 있었다. 여전히 아슬하지만 이제는 안다. 허
무의 매혹적인 인력引力 앞에서 매 순간 저항을 포기하려는
사람과 끝내 포기하지 않으려는 사람 둘 다 나라는 것을.
그리고 그것은 닮은꼴의 허기를 가진, 책 속과 책 밖의 사
람들 덕분이라는 것도.
  이 소설은 진눈깨비가 잦던 재작년 겨울, 거대한 책 무덤

244

같은 국립중앙도서관에서 초를 잡았다. 숨이 막힐 때마다 오래된 서적을 찾아 읽었다. 두껍고 따듯한 책장 사이에 긴 벌레를 이따금 발견했다. 소설 속 허자은^{許自隱}이 욕망하던 방식의 죽음을 선취한 듯 보였다.

책과 죽음에 대한, 이 어둑한 소설을 믿어주신 자음과모음의 여러분께 감사드린다. 무엇보다 문학과 사람의 아름다움에 대한, 자주 조롱받아 허약해진 나의 미신을 함께 믿어준 학생들에게 감사한다. 내 입속의 검은 잎을 떼어준 하늬바람은 그들이었다. 악에 대해 더 알게 되어도 선에 대해 쓰겠다.

2025년 3월

우신영^{禹臣映}

죽음과 크림빵

© 우신영, 2025

초판 1쇄 인쇄일 2025년 4월 3일
초판 1쇄 발행일 2025년 4월 15일

지은이 우신영
펴낸이 정은영
편집 박진혜
디자인 이선희
마케팅 최금순 이언영 연병선 송의정
제작 홍동근

펴낸곳 (주)자음과모음
출판등록 2001년 11월 28일 제2001-000259호
주소 10881 경기도 파주시 회동길 325-20
전화 편집부 (02)324-2347 경영지원부 (02)325-6047
팩스 편집부 (02)324-2348 경영지원부 (02)2648-1311
이메일 munhak@jamobook.com

ISBN 978-89-544-5262-5 (03810)